中国专业作家小说典藏文库

中国专业作家小说典藏文库

肖克凡卷

都市上空的爱情

肖克凡 ◎ 著

中国文史出版社

引　子

天气渐渐热起来了。如今中国北方的夏季，气温往往要高于南方。这就是厄尔尼诺现象，温室效应。

天气热，四十九岁的何汝言心头更是火烧火燎，当了这么多年父亲，如今真正感到了力不从心。儿子何京京大学毕业考研失败，何家的生活一下子就成了热锅。

要说考研失败的人很多，人家都不活啦？何京京的情况毕竟有所不同。何京京丧母多年，自幼心里就蒙上自卑的阴影。读初中的时候，父亲离开大学校园下海经商，何京京是吃着方便面考入重点高中的，缺少家庭温暖。

这几年何汝言的生意不错，他开始反思，觉得对不起儿子，发誓要尽力弥补。这时候何京京交了一个女朋友，名叫马衫衫。何京京与马衫衫相约出国留学。马衫衫比何京京高一届，提前出去。

何京京留在国内，考研。然而他考研失败。其实考研失败并不可怕，可怕的是马衫衫从美国给何京京发来"断绝交往"的伊妹儿，自尊心极强的何京京遭受致命打击，成为温室效应下的一只痛苦不堪的羔羊。看着真挺惨的。考研失败只是使一个人对前途丧失信心，不过还有来年。而失恋的痛苦最大，失恋是一张单程车票。

何汝言望着形销骨立的何京京，决定留在家里照料儿子。没承想父爱居然引起了儿子的愤怒，大声叫喊着要求一个人待在家里。

何汝言只得走出家门。然而他又不敢远离，唯恐儿子出现意外情况。天热，何汝言真是遭了罪。他躲在楼下的一间小卖部的凉厦下，活像一只守候家园的老犬。

就这样一连三天，何汝言觉得儿子的情绪趋于平稳。第四天他便结束了这种老犬似的生活，前往自己的九河广告公司，上班去了。公司员工都以为何总经理是从非洲回来的。

何京京独自在家，翻出当年马衫衫写给他的十八封信胡乱地看着。从这十八封信里他发现，马衫衫言不由衷的毛病，由来已久。

他还从床底下翻出一本小说《认识你真好》。

他翻了几页，觉得爱情这东西很怪，当你置身其中的时候，它或者很甜或者很苦，当你远离它的时候，却很难嗅出是什么味道。

很可能根本没有味道。

何京京为自己的这个发现而异常兴奋，就多吃了一碗方便面。

第 一 章

1

李笑笑是个女孩子。父母给孩子取名"笑笑"，用意很明显，就是希望孩子永远生活在朗朗笑声里，无忧无虑。李笑笑名叫笑笑，然而她并不爱笑。妈妈是这样形容女儿的："笑笑不爱笑，然而当她开心的时候，满脸阳光。"

满脸阳光！这真称得上是一个跨世纪的女孩子。

如今的男孩子追求时髦：不笑。男孩子不笑，叫"酷"。男孩子追求酷的境界，纷纷板着面孔进入"后高仓健时代"。

李笑笑的名字，愈发显现出她的美丽光彩。

李笑笑的母亲名叫那蓝心。李笑笑为自己能够拥有这样美丽的母亲而感到自豪。李笑笑喜欢自己的名字，更喜欢母亲的名字。

"妈妈，我的名字是谁给取的？"

那蓝心笑着回答："这个问题从你学会说话那天算起已经问了一千零八遍啦。"

李笑笑又问："妈妈，那您的名字是谁给取的？"

那蓝心笑着回答："你外婆啊！"

李笑笑继续追问："我外婆叫什么名字？"

那蓝心佯装生气说："不要问嘛，古语说，避尊者讳。"

妈妈长得真美，妈妈的美貌使得高中生李笑笑难以找到恰当的形容词加以描绘。

高三的时候，李笑笑已经懂得中国传统的"避尊者讳"是什么意思了，那就是晚辈不能随便议论长辈。长辈对于晚辈来说，永远属于秘密。李笑笑觉得中国人的传统习惯，真的很有意思。

天有不测风云。这又是一句中国古语。高三毕业那年这句中国古语竟然应验，李笑笑突然遭受重大打击。

她没有考上大学，成了名副其实的落榜生。在此之前李笑笑高估了自己的高考分数，因此她对落榜毫无思想准备。

李笑笑彻夜不眠，放声痛哭。

父亲李埃在出版社里是个默默无闻的编辑，每天生活在稿件的海洋里，字里行间练就了一套不知疲倦的本领。女儿落榜之后，李埃在房间里踱来踱去，不言不语彻夜难眠。而深深感到自责的是母亲那蓝心。

那蓝心是全市著名的高三语文"把关"教师，然而她的女儿恰恰成为高考落榜生。那蓝心自责是因为高考之前她根本无暇顾及李笑笑。李笑笑的高考总复习是真真正正的孤军奋战——她仿佛独自前往滑铁卢战场。她在化学和物理这两科的考场上，败得一塌糊涂。

填报志愿之前，李笑笑不敢预估化学、物理两科的分数。她估计这两科的成绩加起来不会超过十八分。

我打了一场彻头彻尾的败仗。李笑笑站在爸爸面前，仿佛一个犯了错误而又勇于改正的小姑娘。

出版社资深编辑李埃先生说："主要错误不在你身上。"

李笑笑说："这不能怪爸爸和妈妈。明明是我参加高考嘛。主要错误是在我身上。"

李埃简明扼要说："笑笑，永不言败，明年再搏。"

李笑笑摇了摇头，表情十分从容。

李笑笑告诉爸爸，条条大道通罗马。自己真的已经想通了，既然落榜了也就不要好高骛远啦，必须接受现实。

李笑笑跑到学校去找妈妈。妈妈正在讲课。李笑笑站在外面听着妈妈教授的语文课。啊，举止高雅、语言规范、讲解极具吸引力，妈妈的课讲得实在是太好啦，无愧于优秀教师的称号。

那蓝心确是个极其优秀的女人。

下课了，那蓝心看到女儿站在窗外，表情突然显得很惶恐。她快步跑出教室喊着女儿的名字，表情十分慌乱。李笑笑看见妈妈如此失态，后悔自己来得太冒失。

她告诉妈妈，她自己决定去读大众传媒职业学校。

那蓝心听了女儿的话，心里非常难过。女儿高考落榜，但笑笑对父母毫无怨言，显得很懂事。那蓝心担心这只是表象，笑笑内心一定有着更深更重的疼痛。那蓝心无奈地注视着女儿，无言以对。

妈妈，我真的很喜欢大众传媒职业学校。您放心吧我会选择自己今后的生活道路的。

那蓝心只能表示支持女儿的选择。

然而从此时开始，著名语文教师那蓝心的内心深处便背负起沉重的母爱十字架。是啊，女儿一生永远地失去了大学，女儿不言不语地接受了这残酷的现实。

走进大众传媒职业学校的大门，李笑笑似乎变了一个人。她知道这里只是自己人生路途上的一个中转站。她必须在这座令她兴味索然的学校里读满两年，然后转车驶向社会。

李笑笑虽然名叫笑笑，但她在大众传媒职业学校里，被同学们私下称为"冷女孩儿"。

那是一个周末的傍晚，李笑笑放学回家，一路上面无表情。走进家门的时候她变得满脸阳光，放下书包就跑进厨房，笑吟吟帮着老爸做饭（这个家庭的晚饭每天都是老爸做的）。

老爸李埃不擅言辞，他只是深情地注视着女儿。善解人意的笑笑故意不和老爸对视。她知道，由于自己的高考落榜，家长必将久久地怀着自责之心，不可自拔。如果女儿的目光和老爸对视，那样只能加重父亲内心的隐痛。

切削芦笋的时候李笑笑禁不住苦笑了。唉，如今的中国人把大学看得太重要了。一人落榜，举家哀伤。就连创造美好胃口的家庭厨房也弥散着沉闷的气息。

这很不好。李笑笑暗暗下定决心，要改变这种令人窒息的生活气氛。当然，首先要从我做起。

妈妈下班回家了，此时中央电视台的《天气预报》节目已经结束。由于总是晚归，那蓝心对自家厨房的情况已经非常生疏了。

那蓝心承认自己并不是一名称职的家庭主妇。

门厅里，李笑笑迎上前来，搂着妈妈的脖子说，从下个星期开始你女儿就不住校啦，搬回老巢。

那蓝心笑了笑，注视着女儿。

李埃缺乏幽默感，端着水果沙拉问女儿，你老巢在哪里啊？

李笑笑做出因气恼而昏厥的样子，伸手指着脚下的地板大声说，我的老巢就是这里啦。

那蓝心内心很激动。女儿终于愿意重返家庭生活，做母亲的当然感到很欣慰。李埃的烹饪手艺不错。全家的晚饭吃得挺好。老爸只喝了一杯"干红"，便显出不胜酒力的样子。那蓝心静静观察着女儿，目光里透着母性慈祥的魅力。

李笑笑主动到厨房里洗碗，她突然对老爸说："今天我从妈妈目光里看到了慈祥，老爸这是不是说明妈妈已经老啦？因为我们通常用慈祥来形容老人的目光。"

李埃一时不知如何作答，呆呆地看着女儿。洗碗之后，李埃走出厨房来到客厅里，没头没脑地对妻子说："笑笑说你的目光很慈祥，是不是你已经老啦？"

那蓝心听到丈夫的这番话语，眼窝儿一酸，竟然呜呜哭泣起来。

李埃毫无思想准备，慌了，笨手笨脚不知该如何安慰妻子。

李笑笑端着一盘水果走进客厅里。这是女儿有生以来首次看到妈妈的突然哭泣。在此之前她所见过的妈妈的哭泣，都是有缘由的。唯独今天晚上妈妈的哭泣，令李笑笑的内心感到迷惑不解。

李笑笑听不懂母亲的哭声。

妈妈我从您的哭声里听出，您并不老。

那蓝心猛然感到，其实女儿已经长大了。

春天是个懒洋洋的季节。一天下午，李埃坐在家里看稿，这部长篇爱情小说《越爱越明白》，显然出自两位无名作者之手。李埃供职的单位是一家综合出版社，以前并不出版文艺类书籍尤其是小说类书籍。为了赢得社会效益的同时也创造良好的经济效益，李埃供职的出版社开始涉足文学门类，决定出版"当代爱情小说文库"。

李埃成了这家出版社第一位涉及爱情领域的编辑。李埃接受任务之后朝着薛总编辑苦笑，说感谢领导给我这次补课的机会。这是李埃式的幽默。

薛总编辑认为此言不虚。

李埃的工作习惯是只要遇到重点书稿，就在家里看。家里总比出版社清静，工作效率比较高。李埃工作讲究效率，这是当年上山下乡"三夏"拔麦子时养成的习惯。

《越爱越明白》这部长篇小说，三十多万字，主要描写了当今中年夫妻的爱情生活，情节真实，感情充沛。李埃五十岁，五十岁的李埃对当今中年夫妻的生活不应该感到隔膜。然而当他审读这部爱情小说的时候，生活对他而言居然一下子变得陌生起来。

李埃几十年积累而成的所谓生活情理经验，一拳头就被打碎了。这令他感到非常被动。

这时门铃响了。李埃放下手头中年男女的爱情，跑去开门。他看到门外站着两个家用电脑公司登门送货的员工，觉得莫名其妙。你们一定是按错了门铃吧？正在这个时候，李笑笑气喘吁吁地跑上楼来，告诉父亲这台"奔四"是自己买的，然后就指挥着送货员工将"奔四"搬进闺房。

李埃看到女儿付款，总共是六千八百八十八元。

这个数字对性格内向的李埃是个沉重打击。身为父亲，李埃多么希望女儿向他撒娇——索要六千八百八十八元购买电脑啊。可是女儿恰恰没有这样做。

李笑笑利用两个假期外出打工，自力更生终于成为独立消费者，花了自己赚来的六千八百八十八元钱，大模大样地从商场弄回一台最高配置的"奔四"电脑。

这是李埃内心的阴影。自从女儿高考落榜他就觉得愧对笑笑。李埃从心底希望女儿喋喋不休地提出这样或者那样的要求，譬如说疯狂购物或者境外旅游什么的，他一定会竭尽全力满足女儿的要求，以求心理补偿。

然而，女儿并没有给父亲提供这样的机会。

李笑笑很像一棵勃勃向上的小树，一夜之间就长高长大了。

李埃无话可说。

晚上，优秀教师那蓝心终于回到家里。

李埃正在切菜，听到妻子走进家门的脚步声他急不可耐走出厨房，叫了一声蓝心。

那蓝心不知道家里出了什么事情，茫然地注视着丈夫。李埃蹲下身子为妻子递去一双拖鞋——他的本意是促使那蓝心尽快走进卧室，他有话要说。妻子误解了丈夫的心思，她为丈夫这种毫无男人气概的屈尊行为而感到悲哀。

这时候李笑笑坐在闺房里正玩着电脑——独自享受首次上网的特殊

喜悦。

李埃拉着妻子走进卧室。那蓝心眨着一双迷人的大眼睛，连声询问家里究竟出了什么事情。

李埃低声告诉妻子："笑笑用自己的积蓄买了一台电脑。六千八百八十八元，而且事先根本没有和家长打招呼。"

那蓝心十分警惕地问丈夫："你的意思是不是说笑笑的人民币来源不明？"

李埃的心情立即变得极其沮丧。他摊开双手，似乎是要说什么。

那蓝心又问："李埃，事情真的非常严重吗？"

李埃似乎要说什么，最终还是没有说出，不言不语坐在桌前。

那蓝心伸手抚摸着丈夫的肩头："李埃，其实女儿已经长大啦。有时候我们内心的顾虑太多，往往给自己带来烦恼。你说呢？"

"我是父亲，我总想为自己的女儿做点儿什么……"

"假若笑笑能够在网上找到自己心爱的世界，未尝不是好事情啊。你说呢李埃？"

李埃突然紧紧拥抱住妻子。他压低声音告诉她，做父亲其实是很难的。

做母亲也不容易啊。那蓝心说着，突然想起李埃已经很久没有紧紧拥抱自己了。她很想得到丈夫的亲吻。

这时候的李埃很想告诉妻子，他正在审读长篇爱情小说《越爱越明白》，小说里为中年夫妻展示了一个既熟悉又陌生的世界。

李埃紧紧拥抱着妻子，这时他听到轻轻的叩门声。

那蓝心起身去开门了。

笑笑站在父母的卧室门外，满脸阳光的样子。

"我想邀请爸爸妈妈到我的房间里参观我新买来的电脑。我已经快成网虫啦。"

那蓝心笑了。笑笑真好。笑笑即使站在阴影里，依然满脸阳光。

李埃连声推辞着："笑笑，天太晚啦，大家早早休息吧。"

那蓝心感到莫名其妙："早早休息？我还没吃晚饭呢。"

"那好，我请爸爸妈妈一起去吃夜宵啊。"

李埃的表情尴尬不已，不知如何谢绝女儿的盛情。

"我发布命令，全家三口一起去吃夜宵，现在集合。"李笑笑说着，自己先笑得前仰后合。

那蓝心觉得，有这样的女儿真好。身为这样女儿的母亲，她认为自己应当永不衰老。

3

前往滨河广场的大排档吃夜宵，李埃觉得这条道路非常陌生。陌生的道路上那蓝心身穿乳白色职业套装，风度翩翩的同时又显得小心翼翼。

全家三口人已经很久没有一起外出吃饭了。

通往滨河广场的道路有一段光线很昏暗，一身运动员装束的李笑笑小孩子似的抓住爸爸的左手，说害怕。这令父亲李埃感到欣慰。

拐过绿地的时候光线更暗，那蓝心下意识地抓住丈夫的右手，轻轻叫了一声。一家三口刹那之间就这样摇摇晃晃地联结在一起，仿佛行走在悬空的钢索上。

李埃蓦地感到很幸福——就紧紧抓住妻子的纤巧的手。

过了绿地，一家三口在明亮路灯的照耀下走着，这时李埃觉得黑暗里那种亲密无间的感觉已经荡然无存。明亮而平坦的生活，使人与人之间产生了距离。黑暗而无助的生活，则使人紧密起来。他想起了当年与那蓝心恋爱的那段时光，心中还是充满温暖的。

李笑笑兴致勃勃地走在前面，很像行军路上的尖兵。

这座城市的人们渐渐拥有了夜生活，大排档的生意因此火爆起来，于是寻找一张能够同时容纳三个人的餐桌，便有了难度。

李笑笑看到角落里的一张四人餐桌前，只有一人独自用餐。这个小伙子吃得很慢，似乎是在欣赏这里的餐具。

李笑笑走上前去，不声不响坐在小伙子的对面。

李埃和那蓝心，远远等候着。李笑笑远远看到爸爸与妈妈并肩站在一起，显得一般高。

面前的小伙子慢慢吃着，如处无人之境。如今二十岁上下的男孩子都是这样儿，充"酷"。

李笑笑突然说："这位年轻的先生，您说我怎样才能找到一张可以容纳三个人的餐桌呢？"

小伙子吃着，并不抬头："你下令把我驱逐出境，这张餐桌不就成了你的领土啦。"

"可是我手里并没有武器啊。"李笑笑说。

"你的满脸阳光就是最好的武器。我现在就宣布投降。"对方说着端起盘子挪向旁边的餐桌。

李笑笑朝着站在远处的父母招手，真的满脸阳光。

那蓝心走过来的时候表情显得不安。"笑笑，你这样做是不礼貌的，人家正在用餐……"

李埃也认为女儿的行为有失妥当。

李笑笑不以为然："这是我们这一代人的战争——新新人类的战争，你们大可不必太在意。爸爸您想吃什么啊？"

李埃突然感到胃里很满。

那蓝心说："我要一碗素汤面。"

李笑笑认为妈妈正在减肥："妈妈，其实节食只是一个方面……"

大排档的服务小姐送来菜单，然后递给李笑笑一枝红玫瑰，说这是那位年轻的先生送给她的。

那蓝心抬起目光四处寻找着。那个小伙子已经没了踪影。

李埃表情紧张起来，他刚刚从《越爱越明白》里面读到相同的情节，所以他知道红玫瑰表示请求爱情。

李笑笑把这枝红玫瑰递给父亲，说爸爸您应当将它献给妈妈。

那蓝心注视着丈夫，说："如今的男孩子真是轻率，动不动就送红玫瑰给女孩子……"

"如今的女孩子呢，接受陌生男孩子的红玫瑰之后，同样无动于衷！"李笑笑说着，为母亲要了一小盘海藻。

然后李笑笑又说："如果咱们三个人想变成三个傻瓜，那么就要一只龙虾！"

那蓝心感到不可思议："如果必须吃了龙虾才能变成傻瓜，这个成本也太高啦。"

李埃对桌面的气氛感到无所适从，他蒙混过关似的点了一份雪菜青豆。统统是绿色食品。

那蓝心笑了："李埃，你怎么知道我现在爱吃雪菜青豆啊？"

"直觉……"李埃尴尬地说。

李笑笑阅读着菜单，仿佛是在背诵英语单词。她知道此时餐桌上缺少一道大菜：真正的发自内心的幽默。

1

这是一次极为偶然的消夜。此后很长的一段时光，这个家庭处于各自为战的状态，没有再度光临滨河广场的大排档。

李笑笑早已把献花的小伙子忘得一干二净。

李埃编辑的《越爱越明白》经过作者修改，发排，首印两万册。这极有可能是一部雅俗共赏的长篇爱情小说。

《越爱越明白》正在印刷厂装订的时候，李笑笑从大众传媒职业学校毕业了。

学校不包分配。于是面临毕业的学生们仿佛成了餐馆的剩菜——自己打包带走。

李笑笑深知就业的难度。她打开电脑，点击网络求职。

很难。网上的闲人太多。有的闲人根本不想工作，只想聊天。聊啊聊啊，从WTO聊到特大走私案，从非婚生子的增多聊到火车出轨和大地震，无所不包。李笑笑发现，网络聊天室几乎成为这类闲人的主要去处，否则闲人们难以存活。

这是一群寄生在网络上的新人类。他们到底是什么样子的呢？李笑笑非常好奇，终于大胆走进热线网络聊天室。

聊天室里似乎窝藏着很多人，使人想起拥挤的纽约地铁。李笑笑小心翼翼地敲击着键盘，说了一声："嗨哎……"

立即有人上前搭讪，操持着英汉双语问她："我次你的name？"

李笑笑知道走进聊天室必须拥有另外一个名字，就顺口回答我叫小弥。

妈的，怎么又蹦出来一个小弥！

你怎么骂粗口呢？素质超低！李笑笑没有料到对方如此粗野，反唇相讥。

这里是《镜花缘》里的君子国，我们已经有了一个小弥，不许冒名顶替！

哦，在此之前你们这里已经有了一个小弥？为什么她不去工商局注册呢？既然这里有人叫了小弥，我还不乐意叫呢！

李笑笑说完，拂袖而去。

她看到屏幕上有人在喊叫："你 Wait！你 Wait！"

李笑笑睬也不睬，退出聊天室，进入就业中心寻找工作去了。

怪不得那群寄生在网上的大闲人整天整夜地瞎聊呢，敢情网上根本找不到合适的工作啊。目前中国最为热门的职业：网上聊天。

讨厌。

关闭电脑，李笑笑整理着几条就业信息线索，如下：

A. 美国急需引进一名不会说英语的副总统，可办理"农转非"户口。

B. 太空小卖部招收服务员，年龄必须在一百二十岁以上。

C. 非洲地震灾区急招"三替人员"，替死者家属哭泣，替受伤人员疼痛，替失踪人员生还。

D. 在 2010 年上海世博会上，国产轿车每辆将仅售人民币十一元八角八分，招聘促销员若干。

……

这一项项"招聘"令人感到莫名其妙。今天肯定是愚人节。

"我不能再自己跟自己开玩笑了，我必须走上社会，找到一份合适的工作，离开父母，独立生活。"

李笑笑在电脑日记里写下这些，然后上床睡了。

李笑笑睡着了，依然满脸阳光。

她做了一个甜甜的美梦。她在这个美妙的梦境里，走进本市电视台成为一名见习编辑。

她坐在电视台的编辑机前，愉快地工作着。

5

你有过美梦成真的体验吗？李笑笑一定会告诉你她的感受的。

清晨，李笑笑醒来躺在床上回味着夜里的美妙梦境，同时感到阵阵隐痛，梦境虽然美妙无比但毕竟只是梦境。美梦往往很难成真。

这时候妈妈喊她起床，于是李笑笑想起今天是星期天。只有星期天妈妈在家，平时妈妈一大早儿就汇入大街上的上班族，去做优秀教师了。今天是星期天，不知为什么每逢星期天李笑笑的内心便产生一种莫名其妙的感觉。李笑笑称其为"星期天现象"。

懒洋洋起床，李笑笑走出自己的房间，看见爸爸坐在餐桌前正朝着女儿微笑。

李笑笑颇感意外。爸爸平时不爱微笑，爸爸平时的表情总是显出若有所思的样子。

今天，爸爸居然朝着女儿微笑了。

坐在爸爸对面，李笑笑问道："爸爸，咱家什么时候换了这套新餐桌啊？"

"昨天。"爸爸仍然微笑着，"笑笑，吃完早餐，爸爸有一件事情要告诉你。今天你想吃什么啊?"

"是啊,今天我想吃什么啊?"李笑笑用双手扮了个小鬼脸儿。

妈妈端着盘子从厨房里走出来,说:"小宠物,今天的早餐是牛奶鸡蛋和面包圈儿。"

李笑笑说:"胖!"

李埃起身回房间里去了。

妈妈监督着女儿吃了鸡蛋喝了牛奶。剩余物资只有面包圈儿。那蓝心对女儿早餐的竞技状态感到满意。

那蓝心有条不紊地收拾着餐桌。女儿出神地看着妈妈。

"妈妈,你的大眼睛特别好看。"

那蓝心笑了笑,说:"阿谀奉承。你这个小宠物打算怎样度过星期天啊?"

李埃从房间里走了出来,故意咳了一声:"笑笑,我有一件事情要告诉你……"

那蓝心说:"我可以在场吗?"

李埃苦笑着:"我担心你备课,不愿占用你的时间。"

那蓝心坐在餐桌前。一家三口人摆开家庭会议的阵势。

李笑笑觉得家庭气氛过于庄严肃穆,扑哧一声笑了:"三个人都有病!"

那蓝心不笑,注视着丈夫。毕竟是多年夫妻,虽然她不知道丈夫要说什么,但是意识到这将是个不同寻常的星期天。

李埃注视着女儿,目光极其慈祥。李笑笑受到庄重气氛的感染,表情也变得庄重起来。

李埃告诉女儿,他已经通过市委宣传部的领导同志给广播电视局批了条子,将笑笑安排在电视台工作。明天就可以去报到了。

李笑笑听了爸爸的叙述，呼地站起身来，一时不知所措。她看了看爸爸，然后看了看妈妈，表情茫然。

那蓝心用诧异的目光注视着丈夫："李埃，这是真的？"

李埃点了点头："真的。"

"你让市委宣传部的领导同志批了条子？如今已经实行聘任制，领导批条子恐怕不管用了吧……"

李埃站起身来："我就知道你们不会相信的，可明天笑笑真的可以去电视台报到了。"

李埃说着，走进卧室。

李笑笑拉住母亲："妈妈，这明明是个美梦嘛！我夜里真的做了这样一个美梦，跟爸爸说的一模一样！美梦怎么能成真呢？"

那蓝心思忖着说："笑笑，我跟你爸爸结婚二十多年啦，他从来不开这种玩笑。我想，这一定是真的……"

那蓝心随即走进卧室。

李埃正坐在卧室床边，潸然泪下。

那蓝心立即意识到事情的严重性。多少年来她第一次看到丈夫流淌的眼泪。

"李埃，你一定有什么事情瞒着我……"

李埃擦干眼泪说："其实我也没有什么可隐瞒的，蓝心我告诉你，我报名参加援藏了，依照市里惯例，一般可以给援藏干部的家属解决一个困难，我就把笑笑的工作问题报上去啦。"

那蓝心一针见血指出事物的真相："你这样的身体怎么能去西藏工作呢？我看你是纯粹为了解决笑笑的工作问题，才报名参加援藏建设的！"

李埃站起身来，朝着妻子说："我身为笑笑的父亲，即使这样做也是应该的啊！"

那蓝心含着眼泪说："李埃，你太不容易啦！"

"女儿的工作问题解决了，我心里也就踏实了。只是我去西藏工作以后，这一摊子家务就全都扔给你一个人啦。蓝心，你的负担更重了。"

李笑笑推开房门，大步走进父母的卧室："你们说的话我都听见啦！"

李笑笑扑到爸爸怀里，大哭起来："难道这就叫美梦成真啊……"

那蓝心劝慰女儿："笑笑，不要哭啦。"

李埃郑重其事地说："笑笑，援藏工作不是儿戏，难道你不知道孔繁森吗？"

李笑笑哭得更加响亮："孔繁森？那我就更不让您去西藏啦！"

"为什么？"那蓝心问。

"这还用问啊，孔繁森已经牺牲在那里啦！我不让爸爸去西藏！我也不去电视台当见习编辑！"

李埃终于吼了出来："笑笑，即使你不去电视台工作，我也要去西藏的！"

李笑笑止住哭声："爸爸，您太悲壮了……"

李埃说："西藏是我国领土不可分割的一部分。"

第 二 章

1

李笑笑走进电视台上班，成为见习编辑。这时距离李埃前往西藏工作还有十几天。女儿毕竟拥有了一份如此体面的工作。作为无权无势的出版社的普通编辑，李埃颇为自豪。他终于体验到什么是男子汉的牺牲精神。

女儿心里明白，应当充分利用父亲赴藏工作之前的这段闲暇时光，大力开展创造美好家庭的活动。她暗暗开始编造计划，并在电脑里制表。

Excel 表格里填满了李笑笑的活动安排：

全家前往坐落在纪念馆路上的博格达餐厅吃烤全羊。

全家参加渤海渔村两日游活动，届时猛吃海鲜。

爸爸与妈妈前往大台北婚纱影楼，补拍结婚彩照，拍一套二十八张两千元的。

……

计划编制完成，李笑笑十分神秘地将妈妈请进自己的闺房，她指着电脑屏幕上的"创造美好家庭活动计划"，嘻嘻笑着。

那蓝心戴上眼镜，十分认真地坐在电脑前面——看着。

李笑笑等待着妈妈的赞扬。

那蓝心看了看女儿，说："笑笑，妈妈根本没有时间参加这一系列活动。妈妈带了三个重点班的语文课啊……"

"你可以请假嘛，请病假。"

那蓝心十分坚定地摇了摇头："这绝对不可能。"

李笑笑关闭电脑，然后思索着说："我想您一定是中国的奥尔布赖特，否则您不会是今天这个样子。"

"奥尔布赖特是谁啊？"那蓝心问女儿。

李笑笑这是第一次对母亲产生深深的失望。妈妈长得很美，又是优秀教师，可是李笑笑认为她身上缺少一种东西。

缺少一种什么东西呢？李笑笑也说不清楚。

怀着这种失望的心情，李笑笑去上班。走进办公室，文艺部副主任就交给她一项任务，要求上午采访下午制作晚间播出。

"李笑笑你是个见习编辑，但也要严格要求自己。今天是长篇小说《越爱越明白》的首发式，据说这部小说里充满了中年男女爱情生活的切肤感受，特别煽情。你去采访出版社的责任编辑，然后采访出版社的总编辑，把它编成一个五分钟的节目，在《城市速递》栏目中播出。你现在就出发吧，崔刚扛机子跟你一起去，坐广告部杨伟的车。李笑笑你记住这是你第一次出图像，一定要注意仪表。咱们有的节目主持人，打扮得跟什么似的。"

李笑笑听罢副主任的指示，心里暗想，《越爱越明白》不就是我爸爸编辑的那本长篇小说嘛。我爸爸这样拘谨的男人居然能够编辑爱情小说，这个世界真是不可思议。

崔刚是个高高大大的小伙子，他扛着机器跟在李笑笑身后，不言不语，特别深沉。

广告部的杨伟是个沉默寡言的男子。李笑笑小声问崔刚为什么要乘坐广告部的车子。崔刚告诉她，文艺部的车子坏了。

李笑笑以电视台记者的身份突然出现在出版社大楼里，这对李埃来说真是莫大的惊喜。他激动得不知说什么，完全丧失了一个老编辑应有的风度。

采访出版社总编辑之后，李笑笑开始采访父亲。

"李埃先生，我十分荣幸地在您赴藏工作之前采访您，您是这部长篇小说的责任编辑，我想请您谈一谈关于《越爱越明白》，好吗？据说它是一部爱情题材的长篇小说，请问您对当代中年男女的爱情生活有何看法？"

李埃面对女儿的提问，渐渐镇定下来。他毕竟是这部长篇小说的责任编辑，回答电视台记者的提问应当毫无难度。

李埃缓缓说："关于当代中年男女的爱情生活，我想用一句伟人诗词来形容，那就是'天高云淡望断南飞雁'。"

天高云淡望断南飞雁？李笑笑听了爸爸的高论，一时词穷，不知如何进行纵深采访。她暗暗为父亲叫好，天高云淡望断南飞雁？这可真是神奇的比喻啊。

李埃继续说，他为《越爱越明白》能够在自己赴藏工作之前出版发行，感到十分高兴。《越爱越明白》毕竟是自己编辑的第一部长篇爱情小说，因此对它格外珍视。

李笑笑的采访结束。她与崔刚一起赶回电视台编片子。崔刚真是个沉默寡言的人，一天也没说几句话。

李笑笑说："崔老师……"

崔刚当即打断她："你千万不要叫我老师！"

李笑笑从对方的语气中听得出这不是客套，就问："那我怎么称呼你呢？叫你老崔好吗？"

崔刚点了点头："好。"

李笑笑问："老崔，你说今天咱们采访的出版社的责任编辑，他谈的行吗？"

崔刚抬头看了李笑笑一眼："他不是你父亲吗？你还问什么呀！"

李笑笑蒙了，连声追问崔刚："老崔你怎么知道他是我父亲？"

崔刚十分简单地笑了笑："你分配到电视台工作，这是个奇迹。大家都知道你父亲是为了你才报名援藏的，这并不是什么秘密啊。听说你父亲身体并不太好，是吧？"

李笑笑猛然冲出办公室，朝着电梯间跑去。

崔刚在电梯里追上李笑笑，说："你不必自责，如今的家长为了孩子粉身碎骨也心甘。既然你已经接受了父亲的奉献，今后好好工作报答你父亲就是了。我听说你父亲的身体不太好，是吧？"

李笑笑渐渐冷静下来，朝着崔刚点了点头。

崔刚说："咱们继续工作吧，片子很快就编完啦。"

她跟他回到编辑室，继续工作。崔刚不言不语，工作效率极高。节目要在晚间九点整播出。片子编完时已经七点半了。她和崔刚都是一脸兴奋，拿着带子送到了播出部。

李笑笑跟崔刚打了个招呼，说我先走了。不知为什么她心里很窘，并不敢正视崔刚。

她决定乘坐地铁回家。

家中无人。她坐到电视机前，等待《城市速递》栏目的播出。女儿采访爸爸，李笑笑认为这应当成为一段佳话。

优秀教师还没有回家。优秀编辑也没有回家。李笑笑独自待在客厅里，情绪上受到打击。要是一家三口人能坐在一起，观看我首次采访制作的电视节目，那该有多好啊。

饿了。妈妈还是没有回来。李笑笑走进厨房，鬼子进村似的翻出一碗红烧牛肉面，泡上热水。幸好这个世界上还有一位姓康的师傅，否则我肯定得饿死无疑。

《城市速递》终于开始了。李笑笑端着方便面，目不转睛地观看着自己第一次亲手采编的节目，热泪不知不觉流淌下来。她看着出现在屏幕上的父亲，突然间放声大哭。

"谢谢爸爸，谢谢爸爸……"

此时，李埃坐在滨河广场的超大屏幕前，独自观看着女儿在电视里采访自己。

李埃瞬间觉得自己变老了。

2

五十三岁的援藏干部李埃到北京集合，然后随队前往拉萨。出版社派了一辆面包车，送李埃前往首都机场。

那蓝心和李笑笑随车前往北京送行。李埃的行李并不简单，主要是书。李埃援藏不是去当编辑，而是在拉萨的新闻出版机关里担任副

24

处长。

爸爸也当官了。其实爸爸并不适合当官。一个在本地连小组长都当不上的人居然跑到遥远的西藏，当上了副处长。李笑笑心里感慨良多。

爸爸妈妈并排坐在面包车的前排。李笑笑注视着父母的背影，一时很难评价这桩坚如磐石的婚姻。

我就是这桩婚姻的最终产物。

爸爸是个具有强烈爱心的男人。他是为了女儿才奔赴西藏工作的。我成了援藏干部的女儿。西藏是个遥远而神秘的地方。

妈妈是个美丽的女人。我是美丽女人的女儿。做美丽女人的女儿，肯定有利有弊。利呢是我有一个美丽的母亲，弊呢是我往往成了母亲的陪衬。

一路上，李笑笑就这样胡思乱想着，心潮起伏。

面包车到达首都机场的时候，距离航班起飞尚有一段时间。爸爸无论什么时候都离不开组织，他首先向援藏工作团的领导报到，然后跑回机场大厅。

李笑笑目不转睛注视着爸爸。

那蓝心一旁说："笑笑，你不认识你爸爸啊？"

李笑笑说："我国宪法没有规定女儿在首都机场大厅不得注视自己的爸爸。"

那蓝心笑了："你这个丫头应该去当律师。"

李埃突然说："不，笑笑应该去当作家。"

"是吗？我适合当作家啊！"李笑笑听了这个评价，非常开心，"爸爸您怎么这么好呢？干脆我跟您一块儿去西藏吧！"

那蓝心说："你俩就不要互相吹捧啦，咱们去餐厅吃点东西吧。"

首都机场的餐厅很多，让人无所适从。李笑笑提出去吃西餐，那蓝心说还是吃中餐吧。

"我们是来送爸爸的，中餐西餐应当由爸爸决定。"

李埃笑了笑，说："那就中餐吧。"

李笑笑看得出，爸爸显然是在附和着妈妈的胃口。

中餐厅里李笑笑选择了一张视野开阔的餐桌，请爸爸妈妈落座。服务员送来菜单。李笑笑说今天欢送爸爸赴藏，请主人公点菜。李埃立即将菜单推给妻子，说："我不会，还是你点吧。"

那蓝心接过菜单，浏览一番，然后表情茫然地小声问丈夫："你喜欢吃什么呀？"

女儿的情绪一下子变坏了。

李埃情绪稳定："你点吧，我什么都爱吃。"

李笑笑暗暗跟母亲赌气，一把抢过菜单点了四个自己最喜欢吃的菜，然后说："我要一个扎啤吧。"

李埃慈祥地注视着女儿。

那蓝心略感吃惊："笑笑，你已经从喝一瓶发展到喝一扎啦？"

李笑笑说："妈妈，根据数学原理，一扎与一瓶相比，稍稍多一点儿……"

李埃宽容地说："笑笑已经是电视台的见习编辑了，喝一点啤酒还是可以的嘛。"

"爸爸，如果举办世界杯父亲锦标赛，您应当夺冠。"

李埃说："我必须从西藏赛区以小组第一身份出线。"

李笑笑惊讶："原来爸爸也很幽默啊！"

那蓝心提示李氏父女，登机的时间快到了。李笑笑看了看母亲，第一次感到美丽的女人也有大煞风景的时候。

一家三口人，不言不语吃饭。李笑笑很快就将一扎啤酒喝得精光。这再次令母亲感到惊讶。

那蓝心："笑笑，你喝得好快啊。"

李笑笑："妈妈，因为您告诉我们登机时间快到了，所以我采取了农业灌溉的方式……"

李埃笑了："科学种田……"

那蓝心不知为什么突然感到懊恼，说："你俩合谋挖苦我！"

结账的时候，李笑笑抢先埋单，她说是为爸爸饯行。那蓝心用异样的目光看着笑笑，觉得自己已经读不懂女儿了。

全家三口人，一起走向机场大厅的检票口。李笑笑走在父母中间，将自己想象为一块黏结剂。

帮助爸爸托运了行李，李埃说登机时间快到了。这时候李笑笑认为生活在思想解放年代里的中年夫妻在机场大厅应当拥抱告别，尤其爸爸前往世界屋脊，一去就是两年时光。然而那蓝心还是让女儿失望了。她只是用目光注视着丈夫，说了声保重。李埃对妻子说了同样的话，然后看着女儿。

李笑笑冲上去，紧紧与父亲拥抱。她突然泪如泉涌，打湿了父亲的白色衬衫。

父亲摸着女儿的头顶说："笑笑，两年之后爸爸就回来啦！"

李埃大步走过检票通道——留给送行者一个匆匆的背影。

返程路上，母女坐在面包车里，情绪似乎异常沉重。那蓝心情绪纷乱，一时理不清头绪。李笑笑呢则对母亲在机场大厅的表现颇为不满。分别之际，妈妈明明是主角，她却成为冷漠的旁观者，不言不语看着父女抱头痛哭。

此时，随着汽车的行驶，那蓝心也在反思。难道我与李埃的感情已经出现危机？不。我们相处二十几年，各有各的事业，家庭生活稳定和谐，彼此无隙，甚至从来没有吵架的记录。可是今天我突然发现女儿的情感天平发生明显偏移，远赴西藏的父亲已经成为笑笑心目之中的悲壮英雄。莫非这就意味着我做母亲的失职？根据心理学原理，女儿小时候依赖母亲，长大之后父亲就成为其崇拜对象……

面包车行驶在高速公路上，那蓝心看到女儿已经睡着了。

丈夫前往世界屋脊了，我与笑笑将共同度过两年时光。

那蓝心知道，这是一段前所未有的时光。

3

三人世界突然变成两个人，起初那蓝心并未明显感到有什么异样，她仍然是高三"把关"的优秀语文教师，早出晚归，忙得不亦乐乎。周末晚上，那蓝心下班回家独自吃罢晚饭，猛然感到一阵冷清。女儿在电视台编辑节目，打来电话说今天夜里不回来了。

独自在家。这是那蓝心多年以来不曾体验的滋味。

刚过了期中，距离期末还有一段时间。这段时光对教师来说，相对还是比较轻松的。忙碌多年的那蓝心居然产生了无事可做的心理，她对自己产生这种想法而感到惊奇。

我几乎要变成工作机器了。那蓝心坐在梳妆台前注视着眼角上出现的鱼尾纹，对镜子里这位风韵犹存的中年女人颇有几分陌生感。

走出卧室打开客厅里的电视机，又关闭了。她走进卫生间，开始放水。热气在卫生间里弥散开来，静寂而惆怅。

那蓝心将自己浸在浴缸里。卫生间的镜子蒙着热水形成的雾气，变得朦朦胧胧的，她认为这样很好。她此时不愿意在镜子里看到清晰的自己。

我的这种心态可能是对赤裸生活的逃避。那蓝心这样分析着自己。日复一日的教师生涯，使她已经非常适应这种生活节律。一旦事情发生稍稍变化，她就会感到异样。她多年没有独身生活了，因此心情非常复杂。

李埃在家的时候，每到周末晚上他和笑笑总是坐在餐桌前，静心等待着我下班归来。如今，周末晚上等待我的只有餐桌了。

晚上十点钟的时候，她走出卫生间，径直走进卧室，静静躺在床上。

这时候床头的电话响了起来。

这铃铃的响声打破孤寂的气氛，令那蓝心为之一振。她伸手抓起话筒，喂了一声。

电话里传出一个中年男子的声音，口吻和蔼，音色浑厚，透着难以阻挡的温情。很显然这是一个打错的电话，他充满磁力地问那蓝心是不是薏茹。不知为什么那蓝心被这个声音打动了。

她怀着遗憾的心情告诉这个陌生的男子，我不是薏茹您打错了。对方感到尴尬，连声道歉，说您的声音跟薏茹一模一样，然后缓缓说了声对不起就挂断电话。

那蓝心开始分析这个打错的电话。薏茹？这肯定是个女人的名字。那么这个打错电话的男人与那个名叫薏茹的女人究竟是什么关系呢？一般来说薏茹应当是妻子，也就说这个男人是给自己家里打电话，告诉妻子公司里有急事不能回家吃晚饭了。那个名叫薏茹的妻子会不会生气呢?

不过可能存在另外一种情形,那个名叫薏茹的女人并不是这个男人的妻子。不是妻子难道是婚外情人?

那蓝心这样胡思乱想着,猛然感到自己非常无聊。她找出舒乐安定服了一片,然后关闭台灯,开始睡觉。

舒乐安定的药力远远没有发作,她翻来覆去睡不着,只得打开台灯拿起电话,给女儿发了一个传呼。笑笑的 BP 机是汉显,传呼台小姐请她留言,她愣住了。

优秀语文教师顿了顿,终于说出留言的内容:"笑笑你在哪里?妈妈。"

放下电话她便后悔了,这真是多此一举啊。

后来,那蓝心睡着了。

凌晨两点三十分,那蓝心被电话铃声唤醒了。她平时服用舒乐安定,服药之后夜间突然醒来往往感到不适。她伸手去摸台灯开关,一下打翻了水杯。揿亮台灯之后,她又一时想不起电话机摆在哪里。

电话铃声执着地叫唤着。

那蓝心终于看到电话机摆在床头柜上,这时她的头脑已经清醒,她伸手抓起话筒,喂了一声。

电话里是笑笑气喘吁吁的声音:"妈妈!您到底怎么啦?您快告诉我……"

那蓝心听着女儿的声音,立即意识到是自己临睡之前发给笑笑的那个传呼惹了祸,连忙说:"笑笑,妈妈没事儿!笑笑,妈妈什么事儿也没有,妈妈只是想你,就给你发了个传呼……"

电话里笑笑立即哭了起来："妈妈，我在录音间里做节目，关了BP机。我从录音间里出来，看到您的留言，我吓坏了，以为家里出了什么大事……"

那蓝心劝慰着女儿："笑笑，真是对不起，妈妈向你道歉，你不要哭啦，妈妈等你回家好吗?"

女儿停止哭泣，告诉妈妈今夜回不了家，节目还要继续合成。那蓝心从电话里感到笑笑的情绪已经稳定，就叮嘱了几句，说晚安。

其实已经是凌晨了。

那蓝心猛然想起远在西藏的丈夫。

其实李埃完全可以给家里拨一个电话。不知道为什么李埃仍然保留着古老的通信习惯——写信。这极有可能与李埃的职业有关。编辑往往是以通信的方式与作者保持联系的，进入网络时代的李埃并没有改变他的习惯。李埃曾经说，写信是人类表达思想情感的最佳方式。因此他抵达拉萨之后，首先写给妻子的是一封航空家信。

李埃在信里表达了他对妻子和女儿的思念之情，说自己身体很好。

那蓝心接受了李埃的古典通信方式，尽管她知道比写信更快捷的通信方式是长途电话。

第二天那蓝心醒得很晚，她知道除非乘坐直升飞机，要不今天肯定迟到了。全班四十八个学生坐在教室里一起等待着那老师。刘校长害怕了，以为那蓝心老师在路上遇到了麻烦。

这是那蓝心成为人民教师以来首次上课迟到。

这是零的突破。走进教室的时候她心里这样想着，脸上挂着一丝苦笑。

不知为什么，她又想起那个名叫薏茹的女人。

31

真是莫名其妙。

4

就在那蓝心上班迟到的第二天，李笑笑的工作遭到领导批评。她属于电视台文艺部，文艺部的副主任恰恰是新闻记者出身，并不十分懂得文艺。李笑笑编辑的节目，被这位不太懂文艺的文艺部副主任认为"结构松散浪费时间"而不予播出。李笑笑躲进洗手间里偷偷哭泣，为自己的充满浪漫主义气氛的作品惨遭枪毙而痛苦不堪。

电梯里李笑笑遇到崔刚。她很想向他诉说内心的委屈，转念一想又觉得彼此只是普通同事关系，终于没有张口。

崔刚朝气勃勃走出电梯，说是前往工商银行采访人民币再次降息之后市民的反应。

李笑笑回家去了。文艺部给了她一个任务，要她为一个有关海边渔村的专题片撰稿，配上十二分钟的解说词。李笑笑并没有去过那个渔村，心里很空，不知如何下笔。她不敢给领导提意见，强调什么"生活是创作的唯一源泉"，那样只会自讨苦吃。李笑笑只得回家去，懑。

回到家里她坐在电脑前，打了几行字，觉着找不到写作状态，就存盘退出，呆呆注视着电脑屏幕。

我上网吧。上网能把弱智变成机灵鬼，能把凡人变成妖精。网上风光无限。网上处处都是天上乐园。咦，爸爸在西藏要是有台电脑就好了，我就能给他发伊妹儿了。可惜，爸爸是个老古董，只会写信。到拉萨以后，已经给我写来两封信了。可我只回了一封。还不知道他收到没有。

李笑笑打开电脑，很想给爸爸再写一封信。

坏啦！电脑出了毛病。打开机器屏幕是亮的，可就是不能进入程序。李笑笑慌了，这一定是遇到了讨厌的病毒。要是病毒咬坏了硬盘可就倒霉啦，又得花钱。

李笑笑首先想到了崔刚，立即给他发了传呼。等待着，一个小时过去了，不见崔刚复机，这时她认为自己的传呼发得过于冒失。

遇到困难找警察。你遇到困难找人家崔刚干什么啊？人家崔刚又不是警察。李笑笑这样想着，心里谴责着自己，走出家门，下楼去了。

大街上，人挺多，可都像是从外星来的，一个熟人也没有。李笑笑寻找着电脑商店，匆匆走过两个街口。

没有。平时抬头随便就能看到一大堆电脑维修的招牌，今天一下子都消失了，仿佛公安部发了通缉令。李笑笑情绪不好，心理开始波动。她看到前面有一座公用电话亭子。

"我要打个电话……"她对电话亭里的老太太说。

老太太说："打吧，打到美国啊英国啊什么地方都行，如今是全球直拨啊。"

李笑笑也不知道自己应当打到哪里，拿起话筒心头一派茫然。

电话亭的侧面贴着一张简陋的广告，上面只印着六个大字：修理各类电脑。李笑笑的心情为之一振。她喜欢这种不事夸张的朴素的广告，一就是一，二就是二，很好。她看到广告右下角印着一个电话号码，可惜最后一个数字已经被人抠掉：3812185□。

面对这个残缺的电话号码，李笑笑感到非常遗憾。她不甘心，指着广告问电话亭里的老太太："您知道它的最后一位数字吗？"

老太太笑了："我只认识钞票上的那几个数字。"

李笑笑也觉得自己问得很蠢，就掏出圆珠笔抄下这个残缺不全的电话号码，回家去了。

读书的时候毕竟学了数学，今天派上了用场。李笑笑坐在家里，开始用穷举法分析这个残缺的数字。无疑，这个残缺的数字在 0 到 9 之间，那么我一个一个试拨就是了。李笑笑毕竟是李笑笑，她开始试拨电话。

38121850。一个录音男声说：您拨叫的号码并不存在。

38121851。振铃十二声，没人接听。

38121852。一个女人接电话，声音泼辣："你找谁呀？"

李笑笑问她是不是电脑维修部。

泼辣女人叫唤："电脑？什么电脑！你是不是我丈夫的小蜜？你不要装蒜啦！没错，你就是我丈夫的小蜜！"

李笑笑慌忙放下电话。

天啊，小蜜成了如今中国最为常见的动物，数量远远超过澳大利亚的袋鼠。

李笑笑并不气馁，继续拨打。

38121853。你好，这是计划生育研究所。

38121854。黄瓜良种销售热线。

38121855。响起一个男子的声音，很青春的味道。

李笑笑说："请问，您是电脑维修部吗？"

对方似乎并不急于回答，沉吟着："哦，我不是电脑维修部。不过我有能力修理电脑，包括您的电脑。"

李笑笑听出对方是个小伙子的声音，说："这么说您是雷锋叔叔啦？"

小伙子说："我并没有许诺无偿维修您的电脑。譬如说需要更换零件，当然是您自己花钱啦。"

"如果您张口就许诺全部免费，那您十有八九是个骗子。"

"如今骗子市场过剩，很多骗子已经下岗啦。我认为随着时代的发展，骗子也应当升级换代，进行技术改造。"

李笑笑觉得对方很有意思，就说："我国骗子如今能够达到与国际接轨的水平吗？"

"很难。你看过好莱坞电影《骗子》吗？母亲是骗子，儿子也是骗子，最后在母子之间展开一场骗子大战，这是一部很有深度的片子。"小伙子在电话里谈兴大发。

李笑笑说："你在为美国人推销影碟吧？"

小伙子哈哈大笑："国内的美国电影光盘都是盗版的，根本不用推销。你一定是从外星来的或者是个大门不出二门不迈的贵族小姐。"

"如今中国有真正的贵族吗？"李笑笑反问。

"是啊，如今中国只有暴发户。你是暴发户吗？"

李笑笑咯咯笑了起来。

电话突然断掉了。李笑笑蓦然感到一阵失落。

这小伙子是个什么人呢？当晚，李笑笑在日记里为他起了一个代号：H。

同时，李笑笑将这一天命名为"情感电讯日"。

嘻嘻……

第 三 章

1

何京京遭受"考研失败"与"女友出国"的双重打击，一度极其消沉。俗语说"天有不测风云"，这次何京京是真正领教了。天有不测风云就是你毫无思想准备，哗啦啦，倾盆大雨已经浇在了你头上，而且专浇你一个人。别人呢都站在大街两旁的建筑物里避雨，十分同情地注视着雨中的你。你没有任何办法，既然挨浇那就浇透吧。为了浇透你必须慢慢悠悠走在雨中的大街上，散步。雨中的大街上只有你独自在散步。这是一番很特别的景象。

其实人的情绪就像季节一样，不可能总是寒冬。何京京渐渐复原，走进属于自己的季节。这一天他打开电脑上网，恨不得一步迈进那间聊天室。由于天有不测风云，何京京已经很久没有在这间聊天室里露面了，当然他在这里的网名不叫何京京。二十二岁的当代青年何京京，在这间网上聊天室里化名老叶，但年龄不详。

迈进聊天室，老叶首先跟久违多日的室友们打个招呼。"阿肥"此时肯定不在，这家伙声称白天泡在股市。"病号"也不在，说是每天上午要去医院治疗艾滋病，他的主治大夫是"猫王"。这个中国猫王是那个美国猫王的盗版拷贝。

我好烦恼啊，我们已经被这个世界格式化啦。何京京每次走进这间聊天室总是这样跟室友们打招呼。无所事事而故作惊人之语——这就是他的聊天风格。他的这种聊风已经得到聊天室公众的认可。

这里没人知道老叶的真实面目，甚至真实性别。大家都知道老叶心灵手巧，他将自己的主页画面设计成一只杂乱的抽屉，看着令人心烦。室友们一致认为，老叶的存在价值就是让大家看着心烦。

认识你真好——这是老叶每天离开聊天室时的结束语。他的结束语同样受到室友们的好评，认为这句话的真正含义是相见恨晚。

其实老叶知道，这间聊天室里的人们绝大多数都言不由衷，真正诚恳的人，只有小弥。

小弥自我介绍是二十二岁，当代青年，性别保密，职业不详。

老叶凭借自己的直觉，判断小弥是个小伙子，且性格内向。

小弥白天不上网，小弥声称白天在暗室里工作。暗室？莫非小弥是个青年摄影家。老叶心里这样猜测着，但从不询问。

白天小弥从不在聊天室，这令老叶颇感失望。一位叫"胡子"的室友死缠着老叶，大谈 2008 年奥运会歌是否用京剧演唱，以及办公室性骚扰的问题。老叶听着特烦。

老叶离开聊天室，下网，然后关闭电脑。这时候老叶一下子又变成了何京京。何京京觉得一瞬之间发生在自己身上的变化很有意思，令人想起《西游记》里的妖精。

这时候何京京猛然想起远在美国的前女友马衫衫。一个男孩子居然能够经常想起一个女孩子，在如今这个爱情大甩卖的时代里应当属于含金量极高的情操，至少18K。

这极有可能意味着我开始走向古典主义。何京京在家里坐不住，便抬起屁股蹭出家门，走向广大的人民群众。

何京京跟父亲何汝言一起生活。这套房子很大，于是父亲与儿子之间隔着很大空间。何京京的母亲病逝之后，家庭生活的空气越加稀薄。这几年何京京成长起来，几次劝父亲再婚。父亲笑着对他说，改革开放二十年，儿子也不能包办父亲的婚姻啊。

从此以后，何京京不再与父亲涉及这个话题，他认为这是父亲的私生活。任何人无权干预。

何京京住在十六层。他乘坐电梯下楼，心里暗暗将自己比喻成宇航员。何京京平日触景生情，总是爱将自己比喻成为这样或者那样的事物，一朵云或者空降兵什么的。

何京京走在大街上，显得挺帅。临近"五一"节，这座城市里的劳动者们依然忙碌着。何京京扬手叫了一辆出租车。司机问他去哪里。他随口说出一个地名，司机拒载，疾驶而去。

这时候，他又想起了马衫衫。如果马衫衫惨遭拒载，她一定是要拨打投诉热线的。马衫衫就是这种不依不饶的性格，永远朝前冲锋而不懂得撤退。

何京京心里突然冒出一个念头：聊天室里的小弥会不会是马衫衫伪装的？他立即否定了。他知道马衫衫还没有深沉到这种程度。

小弥就是本土小弥。马衫衫远在大洋彼岸的美利坚呢。小弥与马衫衫绝对不会是同一个人。

何京京承认，自己已陷入失恋的泥淖而正在努力自拔。

爱情真像一朵花，一旦开放起来可就由不得你了，你只能默默承受着她的怒放，然后等待凋谢。

一切都需要时间，包括煮饭。你说呢小弥？

今年夏天很热。小弥成了何京京心底一个难以破译的角色。

何京京很想写一部侦探小说。小弥当然就是这部小说里若隐若现的主人公。

小弥你好。

2

何京京精通电脑，并不是因为他在大学里读计算机专业。计算机专业的学生，未必个个都精通电脑，就如同厨师学校的毕业生有人转行开了出租车。何京京精通电脑，首先是出于好奇心，后来就入了迷。从这个意义上说，因迷恋电脑而考研失败对他真是个沉重的打击。

如今上网漫游成了何京京的唯一爱好。除此之外，他不知道自己应当做什么或者能做什么。有时他认为自己是个局外人。

我算不算一个网虫儿呢？他这样审视着自己。经过一阵严肃认真的思考他认为自己远远配不上网虫称号。

网虫儿除了上网，什么都不想。何京京认为自己除了上网，内心深处还怀有几分期待，尽管他说不清自己究竟期待着什么，但那毕竟属于发自内心深处的情结。

我到底在期待什么呢？

爱情。不，马衫衫已经离我而去，此时正在大洋彼岸的美利坚读书。我的爱情也随之破灭。我是失恋者的典型标本。

何京京放弃了幻想。放弃了幻想的何京京需要聊天，尤其需要跟素不相识者聊天，譬如小弥。他与小弥的聊天范围极广，上至天文地理，下到鸡毛蒜皮，无所不包。从中国人能否去北极旅游聊到常昊为什么总是输给韩国石佛李昌镐，从伊拉克战争聊到笔记本电脑价格为何居高不下……总之，何京京认为小弥是银河系里的黑洞，能吸纳万物。

电话铃响了。

何京京拿起电话，喂了一声。

听筒里没有声音。这几天总是出现这种情况，电话铃一响他就拿起听筒，可是里面没有声音。他喂喂叫上几声，还是没有声音，他只得放下电话。何京京不知道这是电话故障还是另有原因。

今天又是这样。何京京喂了一声，电话里没有声音。何京京改变战术，笑着对话筒说，这位朋友你打来电话就是想跟人交流嘛，可你又闭嘴不语，真是莫名其妙。你知道法国电影《沉默的人》吗？男主人公闭着嘴巴不说话，那是因为他是苏联的克格勃间谍。你默默不语这到底是怎么档子事儿呢？

电话里终于传出声音——对方扑哧一声笑了。

何京京听懂了这个声音，也笑了："哦，您的电脑还没修好啊？"

"雷锋叔叔不在了，还有谁能给我修理电脑啊。"对方故意装出极其沮丧的样子。

何京京说："你认为我是雷锋的转世灵童，对吧？"

"你是雷锋的转世灵童？"对方觉得这种说法极其新颖，咯咯笑了起来。

何京京感到一缕阳光顺着电话线传递过来，投洒在桌面上，非常亮丽。这种臆想之中的阳光给何京京带来一种非常舒服的感觉——令他忆起初恋的滋味。

"如果您的电脑真的需要我去修理，那么我就充当一回雷锋叔叔的转世灵童，你看这样好吗?"何京京主动说。

"不好。你就是你。你为什么要做人家雷锋叔叔的转世灵童呢? 你知道谁最有可能成为新时代的雷锋吗?"

"不知道。"

"你。"

何京京说:"哎呀，你对我的模范事迹真是太了解啦! 你到底是谁啊? 天啊我什么时候才能见到你呢!"

"明天中午十二点钟，你在中环线的石雕前面等我……"

何京京立即问道:"哪座石雕啊?"

"大笨牛。"

"大笨牛? 你是说我呢还是说那石雕啊?"

对方咯咯笑着:"二者兼而有之。明天中午十二点钟，中环线石雕前面，你手里拿着一份报纸，你现在手头有什么报纸?"

何京京说:"你看过那部老电影《羊城暗哨》吗? 两个特务接头，一男一女，女特务名叫八姑，男特务名叫王练，王练其实是我们打入敌人内部的侦察员。王练手里拿的是《南方日报》。"

对方极其惊讶:"天啊，您肯定是个离休老干部，今年肯定六十八了吧? 否则您怎么能对老电影如数家珍呢。"

何京京十分郑重地说:"我不但享受离休老干部的待遇，并且还获得了中央军委颁发的独立勋章。"

对方开始反击，郑重说道:"那你知道我是谁吗? 我是著名电影演员阮玲玉。"

何京京说："既然你是阮玲玉，那么明天中午十二点钟的接头暗语就应当使用你含冤自杀的那句遗言——人言可畏。"

"天啊，你怎么什么事儿都知道呢？你到底是个什么动物啊！"

何京京再度郑重说道："不瞒你说，阮玲玉是我外祖母的姨妈。"

对方被何京京逗得大笑起来，笑得上气不接下气，竟然失手扔掉了电话。

何京京大声说："你看过那部贺岁片《不见不散》吧？葛优和徐帆主演的。明天中午十二点钟'大笨牛'石雕前面，咱们不见不散。"

何京京还规定了联络暗号。

男问：你拿的是什么书？

女答：歌曲集。

男问：是什么歌曲？

女答：《阿丽拉》。

何京京在电话里问对方："你知道这个联络暗号出自哪部老电影吗？告诉你吧，是朝鲜电影《看不见的战线》。"

对方显然对这部陈年电影一无所知："看不见的战线？既然连战线都看不见，特务还接什么头啊？"

何京京说："今天你爸爸下班回家，你问问他老人家就知道啦。"

这是一场电话马拉松，双方聊了两个小时，意犹未尽，相约明天中午"大笨牛"前见面，接着聊。

晚上，何京京前往滨河广场大排档吃饭。爸爸的工作很忙，父与子几乎没有机会一起共进晚餐。何京京的内心对父亲还是很敬佩的，一个大学教师几年前敢于离开讲台投身商海，这不是每个人都能做到的。因此何京京从不对父亲抱怨什么。

何京京坐在大排档里，隔河看着对岸的灯火，突然想起马衫衫。当年他与马衫衫经常来到滨河广场的大排档吃饭，心情非常愉快。如今这一切居然成为记忆。时光如流水啊。

浓妆艳抹的大排档的老板娘认出了何京京，笑吟吟走上前来打招呼，说小帅哥你上次给那个姑娘献了一枝红玫瑰，好潇洒啦。何京京表情茫然，说根本不记得有这件事情。老板娘碰了个软钉子，哼了一声转身悻悻而去。

何京京望着老板娘的背影，暗暗笑了。经过老板娘的提醒，何京京想起了那枝红玫瑰，但是他早将那位姑娘忘得一干二净了。

当天晚上，何京京上网。他径直走进聊天室，大声告诉小弥，我老叶今晚心情特好。

可惜小弥不在。

小弥这家伙钻到哪儿去啦？老叶大声问道。

一个室友接过话头说："老叶你进门就找小弥，你俩一定是同性恋啊！"

老叶说："住口！不许你污蔑雷锋叔叔的转世灵童。"

子夜时分，何京京收到马衫衫从美国发来的伊妹儿，冷冰冰只有一句话：何京京，你一定要好自为之啊。

何京京面对电脑屏幕大声疾呼："打倒美帝国主义！打倒美帝国主义的走狗马衫衫！"他的喊声惊动了隔壁的父亲。何汝言已经睡下，他躺在卧室床上打来电话，询问儿子为什么发出如此巨大的吼声。

何京京说："爸爸，对不起，我是在学驴叫，黔之驴。"

何汝言仍然不放心，在电话里说："贵州的驴子也不应当发出这样大的吼声啊。京京你是不是遇到了什么烦恼？如果遇到烦恼的话，你应当告诉爸爸。"

何京京告诉父亲，自己的情况很好，今天保证不会再发出贵州驴子的吼声了。

何汝言说："这样就好。"

3

五十岁的何汝言早先是大学中文系讲师，他的强项是唐诗，同时还懂得一点儿鲁迅。如果他继续留在那座大学校园里，如今一定是教授了，而且是正教授。十年前何汝言灵机一动，离开大学而投身商界。有人说他的弃儒经商是由于丧妻使然。只有他自己心里最清楚，他与亡妻感情一般，远远没有达到生离死别的程度。何汝言离职的主要原因是他不甘心死在唐宋文学的讲台上——尽管唐有杨贵妃，宋有李清照。

何汝言认为自己下海之后还是创下了一份家业。如今广告公司林立，他的九河广告公司的业绩还算不错的。当然，广告公司的老总们像何汝言这样的鳏夫，也不多。

何汝言十年如一日的单身生活，并不是假冒伪劣的鳏夫。

进入二十一世纪，各行各业的生意都不好做了。何汝言的九河广告公司同样遭遇困境，他开始寻找突围的道路，这很重要。他开始上网，热衷于在信息世界中寻找机会。其实他在网上的收获并不太大，但他觉得在网上漫游挺有意思。独身生活多年，何汝言与儿子何京京相依为命，从来没有跟婚姻介绍所打过交道。他认为婚姻介绍所只能撮合婚姻而不能产生爱情。因此他宁可等待，等待上天的安排。

但是不知婚姻介绍所从哪里探来消息，得知世界上尚存何汝言这样

44

一位单身男子，于是经常打来电话向他介绍有关女士的情况，ABCD什么的，仿佛不断向他推销着公司的新型产品。

何汝言只得认真听着，渐渐得知这个世界上独身待嫁的女人其实很多。

今天婚姻介绍所又打来电话，告诉他有了新线索，这位女士是信托投资公司的副总经理，体健貌好，气质佳，修养高，收入颇丰……信托投资公司这个名称引起了何汝言的兴趣。

婚姻介绍所的小姐在电话里问他是否考虑见面。何汝言沉吟片刻，说这样急匆匆的见面是不是太简单化了？

婚姻介绍所的小姐笑了，请他打消各种顾虑，做好明天见面的思想准备。"您是男士，根据女士优先的原则，见面的时间和地点由白女士确定。"

何汝言认为婚姻介绍所说得有理，默默应允了。

下午，婚姻介绍所的小姐又打来电话，一种报喜似的口吻。"见面地点是中环线'大笨牛'石雕前，明天中午十二点钟，您看可以吗？"

中午十二点钟？何汝言感到意外，但还是同意了。

"请您手持一把折扇，多谢合作。"

何汝言觉得，自己手持一把折扇的形象一定很像相声演员。

尽管约会的时间和地点都令他感到不适，但他还是乐意会晤那位身为信托投资公司副总经理的女财神爷。

1

"大笨牛"石雕是本市群众对"拓荒者"的俗称。本市群众将"拓荒牛"石雕称为"大笨牛"，无疑是对拓荒精神的嘲弄与贬低，很不严肃。何汝言深知这座城市的世俗文化的力量，因此他的九河广告公司的文化定位很准确，基本上迎合了这座城市的民风。几年的经营生涯，也使何汝言懂得了什么是妥协的艺术。

夏末秋初的季节，正午时分这座城市的气温很高，烈日之下站在"拓荒牛"石雕前，何汝言手持折扇品味着文火烤鸭的滋味。他是十二点钟准时到达的，环视左右，并没有发现中年女士，只有一位姑娘低头读着手里的报纸。

姑娘读的是《家庭报》。

正午的烈日下，何汝言身穿的白色衫衣，已经让汗水浸透了。但是他恪守约定，站在仅有的两平方米阴凉里，等待着那位信托投资公司副总经理的到来。

"拓荒牛"石雕前是一条环行车道，一辆辆轿车从何汝言面前驶过，这时候他觉得自己成了"大笨牛"前面的"小笨牛"。

手里拿着《家庭报》的那位姑娘似乎也很焦急。她东张西望，显然也是在等人。

姑娘终于走了过来，说："请问这位先生，现在几点钟啦?"

何汝言翻腕看了看手表："十二点四十五分。"

"谢谢。"姑娘说罢，转身走了。

姑娘走了，身影消失在远处的林荫道上。这时候"大笨牛"石雕前只剩下何汝言一人。既来之，则安之。他的心情反而平静下来，摇动着扇子，思忖着。

他认为自己挺庸俗的。既然认为婚姻介绍所里不产生爱情，就不应当同意与女方见面。既然同意与女方见面，就应当承认自己别有用心。

何汝言认为自己已经成了一个彻头彻尾的商人，为了结识信托投资公司的副总经理，居然按照婚姻介绍所规定的时间跑到"大笨牛"这里来接受正午阳光的强烈抚摸。

我等待的不是女士而是女财神爷。何汝言故意挪到没有阴凉的地方，惩罚着自己。凡是自责的时候，何汝言就采取这种严于律己的方式，实行体罚。

一点钟的时候，阳光暴晒之下的何汝言晕头涨脑，接近昏厥状态。他离开"大笨牛"，朝着附近的一家餐馆走去。是啊，爱情也是要吃饭的，况且如今根本没有什么爱情。没有爱情更要吃饭。饮食男女嘛。那就先饮食，后男女。

这家餐馆不错，懂得在初秋的天气里仍然提供冷风。何汝言暗暗告诫自己："四菜一汤两瓶啤酒，我要好好补充一下营养，尽快恢复自己的体力……"

喝光一瓶啤酒，身上的 BP 机响了。他看了看号码，并不熟悉。拿出手机将电话打过去，他听到的是婚姻介绍所小姐的声音。

"何先生，您感觉怎么样啊？"

"感觉挺好，今天中午的阳光我感觉非常适合晾晒被褥什么的。"

婚姻介绍所小姐说："何先生，我极其荣幸地通知您，您已经顺利通过信托投资公司副总经理白女士的第一关。她坐在奔驰轿车里围着'拓荒牛'雕像绕了三圈儿，看得清清楚楚。您留给她的印象很好……"

何汝言打断了婚姻介绍所小姐的话语："我也认为那辆白色奔驰是一辆好车。不过我正在吃饭，今天是不是就谈到这里？再见。"

关闭手机，何汝言给自己斟了一杯冰镇啤酒，轻声说："真是苍天有眼啊，阳光下暴晒一小时，这就是对何汝言同志应有的惩罚。"

一杯啤酒没喝完，BP 机又响了。何汝言拿起来看了看，呼他的还是婚姻介绍所。他继续喝酒，不再复机。

何汝言喝到六瓶啤酒的时候，醉态毕露。餐馆经理走上前来，大声问他还要不要啤酒。

何汝言并不失态，极其镇定地买了单，站起身来离开餐馆。

餐馆经理送他走出门外，说了声欢迎下次光临。

何汝言转过身来指着餐馆经理说："你以为我喝醉了，我知道你多收了我两瓶啤酒的钱。"

餐馆经理呆呆看着何汝言，一时说不出话来。

代表这种城市精神的"大笨牛"远远站在高台上，毫无表情地注视着渴望得到贷款的何汝言先生。

身上的 BP 机又响了。何汝言并不知道他已经成为婚姻介绍所里的珍稀动物，类似云南的金丝猴。

5

何京京与电话里的女孩儿约会的地点是"大笨牛"。因此他是在前往"大笨牛"的路上，遭遇那个歹徒的。光天化日之下，一个西服革履的先生大声喊叫着"钱包"，追赶着一个民工模样的小伙子。

正午时分，大街上的行人不多，也不少。民工模样的歹徒奔跑着，嘴里也在大声喊叫着。

歹徒朝着何京京的方向跑了过来："别惹我！别惹我！"

何京京站在边道上，气喘吁吁的歹徒跑了过来："你妈的，闪开！闪开！"

何京京被激怒了。你明明抢了人家钱包，光天化日之下居然如此狂妄地要求大家给你让路，这个世界真变成强盗的天下啦。

怀着这种义愤，何京京勇敢起来。歹徒大叫大嚷着从他面前跑过的时候，他伸了一脚。他的这个动作非常突然，很像甲A赛场上的后卫铲球。

歹徒遭遇飞铲，一个趔趄扑倒在马路边上。

"好！你比国奥队强多啦！"一个蹬三轮车的大汉哈哈笑着，称赞何京京这个动作的同时，还骂中国足协是个大骗子。

何京京觉得已经完成任务，转身想走。一台摄像机突然出现在他的面前，扛机器的是个小伙子，已经开始录像。手持话筒采访他的小姐十分面熟，显然是本市电视台的节目主持人。

何京京慌了，问主持人现在几点了。

年轻漂亮的女主持人告诉说："根据观测，您从发现歹徒到挺身而出，仅仅用了七秒钟，这说明您几乎没有经过什么思想斗争，就见义勇为啦。"

何京京惊了："原来你们是在拍电视剧啊？"

女主持人连忙解释："不。我们是《现场出击》栏目。由于我们这座城市发案率较高，而关键时候能够挺身而出的人士又太少，所以我们有意安排了这幕失主追击歹徒的活剧，以考察案发现场各色人等的不同表现。有幸我们遇到了您这样的人，否则面对歹徒无人敢管，这将是我们这座城市的极大耻辱。您说呢？"

何京京听罢主持人的一番话，说："你们这样做恐怕不太好吧？如果以后真的发生劫案，大家就会认为是电视台有意安排的现场活剧，也就没人勇斗歹徒啦。"

年轻漂亮的女主持人愣了，一时不知如何回答何京京的问题。

扛摄像机的小伙子说："您说的这段话我已经录了下来，也算是对我们这个节目的不同看法吧。不过您还是要继续接受我们的采访。"

女主持人立即继续采访："请问，您的人生格言是什么？可以告诉我目前您的生活情况吗？如果您不介意的话，我们将在电视节目里公开您的身份，您同意吗？"

面对女主持人连珠炮般的提问，何京京连连摆手说我不想征婚。

这时候，已经是正午十二点三十五分了。

摆脱了电视台的纠缠，何京京打的前往"大笨牛"。出租车司机告诉他"大笨牛"前面的环行路段是不允许停车的，只能远远停在胜利公园附近。何京京无可奈何，只得任凭大好时光的流逝。

何京京跑到"大笨牛"雕像前，北京时间一点零三分。他呆呆注视着"大笨牛"，"大笨牛"也呆呆注视着他。

他坐在石雕前，照葫芦画瓢组织了两句诗，喃喃念道："我看大笨牛很近，大笨牛看我很远。"

我爽约了。那个约我见面的女孩子自尊心一定受到了挫伤，她一定感到非常懊恼。我不知道她的姓名，也不知道她的电话号码，我伤害了一个我并不认识的女孩儿。

何京京并不知道，此时父亲正在附近一家餐馆独自喝着啤酒。关于父亲的心事，何京京几乎一无所知。他甚至认为，自己与父亲就好像两个邦交正常化的国家，而且并不接壤。

离开"大笨牛"，何京京看到一辆高级白色奔驰停在不远处的路旁。这是明显的违章停车。一个交通警察走到这辆奔驰前面，敬礼之后请坐在车里的女士出示驾驶执照。

车里蹦出一句冰冷的话语："我没有驾照。"

然后车里又传出那位女士的声音，显然是在用手机通话："喂，婚介所吗？我可以告诉你们，我对那位男士的外部形象基本满意，我认为可以进行第二步接触。"

何京京心里想，中年人的婚姻只是等价交易而已。

爱情才是青春的标签。

第 四 章

/

那蓝心在灯下给远在拉萨的丈夫写信,用的是备课笺。这说明优秀语文教师是在备课的间隙给丈夫写信的,字里行间透出几分匆忙。

她告诉丈夫,家里很好,女儿工作勤奋,心情愉快。她说她也很好,只是带高中毕业班很累,早出晚归。不过看到学生们纷纷考入理想的大学,她的辛劳得到回报,再苦再累也值得。

信的末尾,那蓝心写上"吻你"二字,署名是"心"。对于中年夫妻来说这已是难得的浪漫了。

她找出信封,粘牢。猛然想起没有邮票。以前本地或外埠寄信一律五角,如今寄住外地邮资已经改成八角啦。

手头没有八角的邮票。女儿可能有。那蓝心认为女儿此时正在上网,就去叩门。她认为上网是游戏。举凡游戏都是可以打断的。

女儿的房门紧闭。她叫了一声"笑笑"。笑笑在房间里"哦"了一声,过了一会儿终于开门了。

笑笑两眼通红，好像正在哭泣。母亲感到惊诧，在写给丈夫的信里她还说女儿心情愉快呢。

"你怎么啦笑笑?"

女儿强作笑容说："我没事儿。您……"

"我以为你正在上网呢。你为什么哭呢?"那蓝心习惯用班主任的口吻询问，开门见山。

"可能是沙眼。您……"

女儿明显在回避母亲的提问。那蓝心知道时机尚未成熟，也就不再坚持，改问女儿有没有面值八角的邮票。

李笑笑想了想，说："可以贴一张五角的，再贴一张三角的，这样加起来就是八角啦。"

母亲认为这是一个好主意。

从女儿手里接过邮票，那蓝心说："无论遇到什么事情，首先应当控制自己的情绪。哭一哭就是了，不要过于执拗。你说呢笑笑?"

笑笑点了点头："妈妈您工作太忙，一定要注意身体啊。"

今晚的母女对话，就这样结束了。

关闭房门，李笑笑伏在桌前，继续哭泣。不知为什么她已经对电话里的那个男孩子的声音产生了好感。可是这家伙却爽约了——约定的时间里"大笨牛"前面根本没有见到他的身影。

这是不是他故意安排的恶作剧?

李笑笑坐在桌前，在白纸上写下对方的电话号码：38121855。

她开始分析自己的心理，然后把想法写在纸上。

李笑笑你的电话对方并不知道，因此出于女孩子的矜持你不会主动将自己的电话号码告诉对方。

对方不知道你李笑笑的电话号码，于是便无法主动与你联系。

如果你李笑笑不愿与对方失去联系，那么你只能主动给对方打电话。可是对方明明已经爽约。

李笑笑你面临挑战。要么放弃，要么主动给对方打电话，装出并不介意的样子。

李笑笑你真的面临巨大挑战。

灯下，李笑笑整整写满了一页纸，她把内心想法赤裸裸地陈列在自己面前。

我想给他打电话。我为什么想给一个素不相识的男孩子打电话呢？我从来也没有像今天这样心烦意乱。莫非是我头脑发昏？

夜深了。李笑笑仍无睡意。

她又打开电脑，找到"日记本"的文件，看到自己这几天已经写满六页日记。哦，李笑笑如果你继续这样写下去，一定会成为作家啦。

她在"日记本"上写道："我随时都想给那个不曾谋面的男孩子打电话，心情很乱。我知道我必须坚守自己的阵地。上帝啊，请你让我再坚持一天吧。"

关闭电脑的时候，李笑笑意识到自己的防线随时都有可能崩溃。

"既然难以坚守，那就选择主动出击好啦。"她在日记里做了这样的补充。

坚守与出击。李笑笑觉得自己快要成为一个军事家了。

2

清晨。李笑笑走出卧室与妈妈在客厅中相遇。她以为妈妈上班去了，没承想妈妈坐在客厅的沙发上，朝着她微笑。

"妈妈，您……"

那蓝心说："我在等你。"

"您在等我？您有什么事情吗？"

那蓝心说："你不再哭了吧？"

"妈妈，人家根本就没有哭嘛。您这位班主任有时候就是神经过敏，爸爸在家的时候也这样说过您……"

那蓝心笑着摇了摇头："不，你爸爸在家的时候，说我神经过于迟钝。好啦，既然我女儿不再哭啦，我这个班主任也该上班去了。"

李笑笑跑上去，跟妈妈贴了贴脸颊，说："班主任万岁！"

那蓝心小声说："不许搞个人崇拜！"

母亲上班去了。

家里只剩下李笑笑一个人。她的心情开始好转。

李笑笑盘腿坐在沙发上，大声说："家里很辽阔！"

然后她的情绪立即低落下来，小声说："笑笑好寂寞。"

她认为必须凑成四句，又说："爸爸真遥远。"

最后一句她怎么也想不出来，就在心里跟自己赌气。

她开始原谅自己："我毕竟不是汪国真那样的诗人啊。"

临近中午的时候，她终于获得灵感，第四句诗旋即从内心喷涌而出。

她站在厨房里大声喊道："爱情是铜锣！"

爱情是铜锣？

对，爱情是铜锣，爱情当然是铜锣！铜锣，你不敲，它不响。对吧？爱情无疑是一面铜锣。

她一气呵成，大声朗诵着自己的得意诗作：

　　家里很辽阔，笑笑好寂寞；爸爸真遥远，爱情是铜锣！

　　没错，爱情是铜锣。你必须主动将它敲响。李笑笑这样想着，放弃方便面和火腿肠，坐在沙发上拿起电话机，飞快地拨出一连串号码：38121855。

　　电话一拨就通。看来这是个好兆头。

　　响了六声，终于有人拿起电话。

　　"喂。"这是一个中年男人的声音。

　　李笑笑只得说："对不起，这个电话我一定是打错了。"

　　放下电话，李笑笑自言自语："好哇！我给你打电话你还不在家里待着。这个接电话的人一定是你老爸。"

　　走进厨房，李笑笑将无辜的方便面和火腿肠扔进垃圾桶，然后气呼呼喝了一大杯矿泉水。

　　哼！

　　门铃响了。李笑笑感到诧异。我们家是上班族，白天不会有人前来拜访啊！

　　她轻手轻脚走到单元门前，通过窥视镜朝着门外望去。

　　天啊，原来是崔刚。这家伙跑来干什么呀？真是莫名其妙。

　　李笑笑打开单元门，微笑着注视崔刚。

　　崔刚显出几分局促，开口解释，说是拍空镜从这里路过，顺便上来看一看她。

　　李笑笑说："你没有任何理由也可以来我家做客嘛。因为咱们毕竟是同事。"

　　崔刚拎着机器走进李笑笑家，仍然显出几分局促。

"拍什么空镜啊？"她问崔刚。

崔刚坐在沙发上，告诉她专题部弄了个新栏目叫《现场模拟》，主要是通过模拟社会生活的各种现象，譬如抓贼啊救生啊什么的，现场抓拍人们对各种现象做出的瞬间反应，扬善抑恶，起到导向的作用。

听着崔刚的介绍，李笑笑竟然感到几分陌生。我两天没到电视台上班，就成了局外人。这种心理感受令李笑笑震惊，就连崔刚也觉得李笑笑的这种游离心态很不正常。

崔刚一连喝下四大杯矿泉水。

李笑笑说："敢情你拿我家当成加油站啦？"

崔刚极力以幽默的口吻说："我又不是汽车。"

坐在客厅里的崔刚不好意思吸烟。李笑笑也就不怂恿他。自从爸爸奔赴西藏，家里真的没有什么男人的气息了。

崔刚又喝了一杯矿泉水，然后站起来拎着机器说："笑笑，我走啦。"

李笑笑说："崔刚，你走啦。你是开车来的吧？"

崔刚摇了摇头，居然幽默地说："那样你家就更像加油站啦。"

身材魁梧的崔刚就这样走了。

站在阳台上，李笑笑看着崔刚远去的身影。他是专程来看我的吧？不会的。他明明是说路过这里顺便上楼来看一看我嘛。我有什么可看的？我又没有生病，也没有义务献血。崔刚一定是觉得我的节目受到了领导批评，情绪低落需要安慰。如果真是这样，应当认为崔刚是个善解人意的小伙子。

嗯，谢谢你崔刚。

晚饭时间，妈妈打来电话说要给外班的三个差生补习作文，回家很晚。笑笑问妈妈是不是回家吃饭。那蓝心在电话里犹豫着，告诉女儿不要等她吃晚饭，然后匆匆撂下电话。

妈妈真是个美丽的优秀教师。美丽而且优秀，这很难得。爸爸拥有妈妈这样的妻子应当说也很难得。

独自在家。不吃饭，减肥。《新闻联播》结束之后，李笑笑坐在沙发前拿起电话，自言自语说："我不再死守阵地，主动出击啦。"

她拨出38121855的号码，电话铃响了。

等待着，等待着那个声音的出现。

"喂。"又是那位中年男人的声音。

李笑笑灵机一动，说："您好，请您的儿子接电话好吗？谢谢。"

中年男人略有迟疑，说了声请稍候。李笑笑听到脚步声——这一定是父亲去叫儿子来接电话。

李笑笑无声地笑了，静静等待着。

"喂，你好。"电话里终于响起那家伙的声音。

李笑笑听到他的声音，心头一颤，故意沉默着。

"喂，请讲话啊。"

李笑笑说："我的电脑仍然没有修好……"

"啊！是你呀，你终于打电话来啦。请听我向你解释……"

李笑笑打断对方的话语："我想，我与你首先应当彼此通报一下姓名，否则交流起来会感到很困难的。"

"是啊，尽管名字是个符号，可是我们彼此之间还是拥有符号为好。我同意你的提议。你叫什么名字?"

李笑笑说："你太狡猾，你为什么要我先说出姓名呢?"

"女士优先嘛。这是世界惯例。"

李笑笑更换话题说："刚才接电话的是你父亲吧？他一定是个很有教养的知识分子……"

　　"为什么呢？"

　　"我打电话找你，他并不询问我是谁，这说明你父亲非常尊重儿子的个人生活。我说得对吧？"

　　"你说得很有道理。我父亲当年确实是个知识分子。当然如今也是。至于他不在电话里询问你是谁，可能也存在另外一种情况，那就是家长对孩子的个人生活漠不关心。我说得对吧？"

　　"你父亲对你漠不关心吗？"

　　"我对我父亲漠不关心。"

　　李笑笑咯咯笑了起来。她此时真的已经相信世界上存在着"缘分"——她在电话里跟这个家伙聊天，感到非常开心。

　　真的非常开心。

　　"既然女士优先，那我就告诉你吧，我叫李笑笑。"

　　"李笑笑？这个名字好像不太严肃啊。你喜欢笑吗？"

　　"我的原则是，该笑的时候笑，不该笑的时候不笑。你叫什么名字啊？"

　　"我叫何京京。几何的何，首都北京的京。我的籍贯是北京，但不是满族人，所以我父亲给我取名何京京。"

　　李笑笑说："哦，北京人……"

　　何京京说："人类学概念，北京人就是周口店猿人。"

　　李笑笑大笑起来："对！你就是被考古队给挖掘出来的……"

　　何京京说："还有曹禺的著名话剧《北京人》……"

　　说着，何京京突然压低声音："李笑笑同志，你想知道昨天中午十二点钟我失约的原因吗？"

李笑笑止住笑声，郑重说道："你不要解释啦，今天《人民日报》头版已经登出来了，昨天中午十二点你不是到联合国开会去了吗？"

何京京故意将声音压得极低，说："李笑笑同志，请把你的电话号码告诉我好吗？这样便于咱们单线联系。如果党组织遭到破坏，我是不会出卖你的……"

李笑笑问："这又是哪部老电影里的台词啊？"

何京京说："这不是老电影里的台词。"

♪

李笑笑与何京京的交谈，一直持续到子夜时分。何京京向李笑笑解释了失约的原因。李笑笑心头的乌云顿时消散。不知为什么，她对这个名叫何京京的男孩子就是恨不起来，即使他再次失约。

聊得太久了，彼此互道晚安，结束了这次漫长的电话聊天。李笑笑并不感到疲惫。

李笑笑觉得何京京是一部电影——是一部刚刚拍成的老电影。

这种感觉很有意思。

第二天清早，那蓝心叩开女儿卧室，脸上的表情很像班主任要检查差生的作业。

"笑笑，我昨天晚上九点走进家门的时候，你在自己房间里打电话。深夜十二点钟你仍然在打电话，你是不是在参加电话会议？"

李笑笑朝着妈妈笑了笑，说单位很少召开电话会议。

那蓝心郑重起来："笑笑，你要是遇到什么事情，应当如实告诉妈

60

妈。因为你爸爸远在西藏，我必须对他负责。你今天上班吗?"

"用一部老电影名字来说,《今天我休息》……"

那蓝心兴奋起来:"咦? 这部电影是仲星火主演的,扮演民警马天民对象的那个女演员名叫赵抒音,看这部电影的时候,我才十岁。哎,笑笑你怎么对老电影这么熟悉啊?"

李笑笑说:"我是三天之前开始对老电影感兴趣的,我还知道《看不见的战线》和《鲜花盛开的村庄》……"

那蓝心满脸狐疑:"这都是二十多年以前的朝鲜电影啊! 你这几天是不是去了电影资料馆?"

李笑笑说:"妈妈,我发现只要提起二十年前的事情,您就特兴奋特激动,是吧?"

"因为,那时候毕竟代表着我们的青春啊!"那蓝心颇为感慨地拎起提包,出门上班去了。

妈妈走出家门,李笑笑立即拨通何京京家里的电话。何京京果然在家。

李笑笑说:"昨天夜里通电话说了那么多的话,昏头昏脑的忘了把我家的电话号码告诉你,30665028。

何京京说:"30665028? 根据这个电话号码,我能猜出你是个什么样子的女孩。"

"我的样子跟我家的电话号码有什么关系? 你不要装神弄鬼,我是不会相信你这套歪理邪说的。"

"你身高一米六八,体重五十公斤,大眼睛,双眼皮儿但不是后来拉的,天生。还有你平时好像爱穿运动服……"

李笑笑打断他,笑着说:"你家里装了可视电话吧?"

何京京立即得意起来："我家里连来电显示都没有……你快说，我猜对了吧？"

李笑笑说："你以为你是格格巫啊？通过昨天晚上漫长的电话交谈，我基本认清了你的嘴脸。"

何京京说："你一定要本着实事求是的精神，可千万不要对我评价太高啊。"

李笑笑扑哧一声笑了："怪不得你是北京人哪，自我感觉比天安门还好！"

何京京问："李笑笑同志，你把你家的电话号码告诉我，是不是要求我平时给你打电话？"

李笑笑立即恼了："我没有权利要求你做任何事情，我只是觉得我知道了你的电话号码，也应当让你知道我的电话号码，否则就不公平啦。"

李笑笑说罢，啪的一声放下电话。

"我不是无业游民，我要到电视台上班去啦。"

李笑笑换好衣服，走出家门。

外面的天气还是很热。入秋了，天气不应当这样热了。

一辆切诺基突然停在李笑笑面前，吓了她一大跳。

崔刚推开车门跳了下来："李笑笑，你怎么知道我来接你啊？"

李笑笑知道这不是巧合，就顺水推舟说："既然是紧急状态，我就随时待命呗！"

崔刚拉着李笑笑钻进吉普车："这两天你家的电话总是占线，出故障了吧？"

"你给我打电话啦？"

崔刚中速驾车，说："是啊，我给你打过几次电话。"

"有事儿啊？"

"没事儿，只是问候一下。占线，也问候不成。"

"谢谢你。咱们现在去什么地方？"

"九河广告公司。这个公司跟咱们联办了一个栏目，叫《不爱不明白》，挺新颖的，就是收视率上不去……"

李笑笑自言自语："不爱不明白？难道爱了就明白啦？我看这个栏目的名字取得不很恰当……"

崔刚说："你太认真，如今就不是那种文静的时代，都特闹！"

行驶了一会儿。李笑笑脱口问道："崔刚，你认识一个叫何京京的人吗？"

崔刚想了想，摇着头说："我知道有个电影演员李京京。"

"你对老电影了解吗？譬如说《列宁在一九一八》啊《上甘岭》啊《追捕》什么的。"

崔刚不以为然："你说的这一批老电影，中央六套经常播放，包括《看不见的战线》和《摘苹果的时候》，还有《烈火中永生》什么的，说是加强革命传统教育，我看主要是满足中年人的怀旧心理。"

李笑笑问："要是我这种年龄的人懂得一大批老电影，是不是显得特有阅历？"

"特有阅历？未必。我看充其量算是个影迷吧。有的人就特别喜欢看电影，当然主要是看美国好莱坞，譬如《泰坦尼克号》就挺煽情的。我听说有个小伙子刚出电影院就跳海啦。"

"死啦？"

"后来证实了，他是去海里摸蛤蜊。"

"摸蛤蜊……"不知为什么，崔刚讲的这个通俗故事令李笑笑感到几分失望。

她甚至认为崔刚亵渎了发生在冰海沉船上的伟大爱情。

真是不爱不明白。

1

九河广告公司距离"大笨牛"石雕并不太远。驱车经过这座象征城市精神的石雕的时候，李笑笑想起前天中午十二点何京京的爽约，心情还是有几分失落。这就是女孩子的小心眼儿。

她等待着何京京主动提出再次约会的邀请。她相信何京京除了那几部老电影之外，还应当懂得尊重女孩儿。

爱情是铜锣。不敲不响。她想起自己创作的打油诗，无声地笑了。爱情有时远在高山之巅，你终生难以邂逅，爱情有时近在咫尺俯身可拾，你却浑然不知。从这个意义上讲爱情就不是一面铜锣了，而是一座隐藏得很深的铜矿，令你用尽终生精力前去开采，甚至累得昏死过去。

崔刚开到写字楼前，停稳车子。李笑笑收回思绪，看到了"九河广告公司"的金字招牌。这不是一家很大的广告公司吧？我以前怎么没听说过它呢。

九河公司是前年从金世界总公司独立出来的。金世界的老板吸了白粉，走上一条死路。九河广告公司及时突围，刚刚站稳脚跟。

李笑笑听得心猿意马，随着崔刚走进写字楼大厅。崔刚确实身材魁梧，李笑笑与他走在一起，显得愈发娇弱。

"今天我的任务是什么啊？"李笑笑站在写字楼大厅里问崔刚。

崔刚脸上显出几分窘色："今天你没任务。我开车去接你，是想请你出来散散心……"

李笑笑想了想："你是好心做好事，可也应该明明白白告诉我呀，你说呢?"

崔刚说："李笑笑，对不起……"

"你上去吧，我在大厅里等你。"

崔刚不知如何挽回局面，又说："如果你觉得没有什么意思，我开车先送你回去，好在时间还早……"

李笑笑问："既然你跟人家约了时间，为什么这么早就跑来呢?"

崔刚低头看着大厅的花岗石地面："真对不起，我原打算开车沿着外坏路兜风，请你散散心。"

李笑笑知道，崔刚是想通过这种方式向自己表示友好。可是李笑笑并不喜欢这种方式。面对崔刚的好心，李笑笑只得做出让步："好吧，你上楼去洽谈业务，我在大厅里等你。如果我走开一会儿，你可以呼我。你知道我的呼机号码吗?"

崔刚苦笑了："除非你今天早晨换了呼机。"

"如果我在频频更换呼机号码，那就说明我在逃避生活。"

"生活没有什么可逃避的。"崔刚说完就上楼去了。

李笑笑坐在大厅东侧的沙发上，随手摘下架子上的报纸，翻看着。

这里居然有《中华读书报》和《文艺报》，真是令人惊讶不已。这两种报纸的存在，说明这座写字楼还是有几分品位的。

写字楼大厅里走进一个身穿运动服装的男孩子，应当是李宁牌的。由于这个男孩子气喘吁吁的样子，给人的感觉是他刚刚离开球场。男孩子用 IC 卡打电话，很快就拨通了。

李笑笑是个很有教养的女孩子，并不想听到别人的电话。无奈这个男孩子声音很大，引起了她的注意。

"爸爸，我现在必须跟您谈一谈，对，现在就在一楼大厅里。"

男孩子的父亲一定是说现在没有时间。

男孩子说："如果现在不谈，我心情一变可能就永远也不会涉及这个话题啦。"

李笑笑觉得这个男孩子的声音很熟，就抬头注视着他。从这个角度望去，她只能看到他的侧影。

这是一个身高一米八〇上下的男孩子，有着一头自然卷曲的浓发。看着他的侧影容易使人想起 AC 米兰队的左后卫小马尔蒂尼。当然是十年之前的小马尔蒂尼。

李笑笑站了起来，朝着中国版本的小马尔蒂尼走去。因为，她觉得这个声音太熟悉了。

二十分钟之后，身材魁梧的崔刚来到一楼大厅。

写字楼大厅里空空如也。只站着一台 IC 卡电话。

崔刚在 IC 卡电话上呼了李笑笑，然后坐在沙发上等待着。

崔刚就这样心静如水，等了将近一个小时，也不见李笑笑复机。崔刚又发了两遍传呼，然后继续等待。

下午五点半钟的时候，崔刚已经在大厅里等待了三个小时。其间，他给李笑笑总共发了八次传呼。

不见回音。

崔刚的心情非常悲壮。这个性格内向的小伙子信奉的名言是一位终生独身的石油大亨说的：你乐于耕耘就去耕耘吧，我宁愿颗粒无收。

崔刚是晚上六点离开写字楼大厅的。这时候夜间守门人已经上班了。

这座大都市的夜生活，就这样开始了。

面无表情的崔刚开着切诺基心里想，李笑笑你到底跑到什么地方去啦？

第 五 章

1

有个哲学家说过，人的直觉往往是动物世界里最为准确的感觉。

李笑笑就是这样。她在写字楼大厅里看到站在电话机旁的小伙子，不知为什么认定这家伙就是何京京。

这就是女性直觉。

追出写字楼，李笑笑果然毫不犹豫地朝着他的背影大声喊道："何京京！"

满头浓密卷发的何京京立即停步转身，表情迷茫地注视着李笑笑。

李笑笑从对方的表情上已经得知女性直觉的应验。

他走上前来，语气郑重地注视着李笑笑："您认识我？"

她与他对视着，笑而不答。

何京京的表情愈发茫然。她从这种表情里看出何京京内心深处的单纯。

李笑笑突然问道："你拿的是什么书？"

何京京怔了怔，立即笑着回答："歌曲集。"

"是什么歌曲?"

"《阿丽拉》。"

何京京大步走上前来，指着李笑笑说："李笑笑同志，你肯定没戴隐形眼镜吧？在此之前我认为你应当是个戴眼镜的女孩儿。"

李笑笑抑制住内心的激动，故意做出平淡的样子："你戴的肯定不是假发吧？因为假发的价格很贵呢。"

何京京觉得浑身燃烧起来，情绪也变得灼热。

"我怎么会在这里遇到你呢？真是不可思议。我真的没有想到你与我会在这里见面……"何京京不停地搓着双手。

李笑笑注视着何京京，看出这家伙的竞技状态明显不如电话里的交谈。我敢断定他是个内心腼腆的男孩子。电话交谈的不可视性，使得他纵横捭阖游刃有余。一旦变成面对面交流，他恐怕就不是电话里侃侃而谈的何京京了。

李笑笑为自己的这个发现而感到得意："何京京，刚才看到你打电话，你有什么急事吗?"

何京京连连摆手说没有什么急事。

李笑笑等待着何京京的邀请。

何京京终于镇定下来，指着远处的滨河广场说："今天晚上如果你没有事情，我想请你吃饭……"

"好啊，吃饭的时候咱们当场检验一下对方的身份证，防止假冒伪劣产品蒙混过关。"李笑笑说着，仍然为自己发现了何京京的内心拘谨而得意扬扬。

滨河广场是这座城市的一处景致，夜色降临之后就成为美食天地。

69

全市的食客云集此处，吃着喝着聊着，充满了市俗的享乐精神。

李笑笑是个向往浪漫的女孩儿，她心目之中的去处当然是天塔的旋转餐厅，那里静谧而高雅，令讲究品位的女性神往不已。

可是何京京选择了滨河广场。初次交往只得客随主便。李笑笑点头应允。两人便朝着灯火通明的河边走去。

没有去露天大排档。何京京前面领路，走进"青春不设防"自助快餐店。李笑笑不知道滨河广场居然还有这样一个所在，感到新鲜。

何京京指着望不到尽头的玻璃长廊说："这里是对你胃口的一次重大考验。"

玻璃长廊里摆满各式各样的食品，数不胜数。冷盘、热荤、煲、小食品，然后是西式快餐，从土耳其开始，法式、俄式、德式……

哇！这不仅是对人类胃口的大挑战，更是减肥者的墓地。

李笑笑："何京京，我以前怎么不知道这个地方啊？"

何京京："开业刚刚三天。据说昨天这里共有六个饕餮之徒去医院洗胃，十二个酒鬼酒精中毒，对生活完全丧失了信心。咱们去吃什么啊？"

李笑笑做了个随便的手势。

何京京说去雷区。李笑笑惊诧，不知道"雷区"是指什么地方。

何京京沿着玻璃长廊走着。李笑笑紧紧跟在后面。终于走到拐弯处，何京京停步转身，目光定定注视着她："李笑笑，通过雷区的时候，我们要手拉手前进……"

李笑笑看着何京京伸来的大手，说："你的意思是说倘若触雷，我们手拉手就能死在一起啦？"

何京京点了点头说："是的。"

李笑笑将自己的一只小手，递给何京京。

何京京紧紧抓住她的手，十分郑重地说了声谢谢，转身拉着她的手大步朝前走去。

一种从来不曾体验的感觉蓦地充满体内，然后蔓延到身体的各个角落——李笑笑甚至认为这种强烈的感觉已经进入自己的头发末端。

李笑笑似乎听见身上的 BP 机在响，那声音显得极其遥远。

这又是一条长长的玻璃走廊，玻璃走廊里仍然是琳琅满目的食品。然而李笑笑的目光紧紧盯着何京京宽大的背影，心底发出一阵轻微的颤音。

雷区究竟在哪里呢？我们去雷区就是为了享受轰的一声巨响，然后两个灵魂双双飞舞升空，在天上飘扬啊飘扬，永不落地。

身上 BP 机的声音仿佛来自银河系之外的一个星球，虚无而微弱。

李笑笑怀着飘飘扬扬的心情，跟随何京京走进一座巨大的木屋。木屋里生长着热带绿色植物，极其茂盛的样子。

热带雨林。这里就是雷区？

这里就是雷区。

"我为什么没有听到爆炸的轰响呢，何京京？"

"李笑笑因为我们没有触雷。现在你点菜吧，你想吃什么啊？"

李笑笑渐渐回归现实世界，注视着坐在木桌对面的何京京："这里为什么取名雷区呢？"

何京京开始讲解："目前世界上哪个地方埋雷最多？"

李笑笑想了想，答道："中东。"

何京京摇了摇头："人家中东从来不埋地雷。目前世界上埋雷最多的地方是中越和柬越边境。这里经营的是越南以及东南亚的风味，因此

71

取名雷区。"

李笑笑听着，小心翼翼地说："那个给餐馆取名雷区的人，在生活中一定是个哗众取宠的家伙。"

何京京递过菜谱："假如那个家伙就是我呢？"

李笑笑看了看菜谱："其实你就是哗众取宠的人。我已经上了你的当，傻乎乎跟着你来到这间木屋里，还要吃什么东南亚风味。我是你今天哗众取宠的最大受害者。"

何京京朝着服务生招了招手："写菜，我们先要一个马来风光，两杯土酒。"

李笑笑又中了何京京的圈套，吃马来风光这个菜的时候，她被辣酸的混合气息弄得眼泪汪汪，完全是当代版本的孟姜女。

李笑笑起身，抹着眼泪朝洗手间走去。

何京京喝着土酒，得意地笑了。

眼泪汪汪的李笑笑是在洗手间门前遇到崔刚的。她十分惊讶地注视着崔刚，一派不知所措的样子。

崔刚也感到非常意外："李笑笑，说好一起走的你怎么跑到这儿来啦？我在写字楼大厅里呼了你十二遍……"

李笑笑连声说对不起。

崔刚看到李笑笑抹着眼泪，急声问道："是谁欺负你啦？"

李笑笑连连摇头："没有……"

何京京追出木屋看到崔刚，觉得这家伙有几分眼熟，就大步走上前来。

"笑笑，是不是这个人欺负你啦？"何京京大声问。

2

　　已经晚上九点多了，何汝言仍然坐在办公室里起草一份内容十分复杂的企划书。呼机响了，他复机。电话里传出警察极具职业化特点的声音。何汝言不由愣住了。

　　电话里警察向他介绍了基本案情，要求他立即赶到民主道派出所。何汝言询问目前何京京的情况。警察的答复是"情绪基本稳定，但不能排除出现极端情绪的可能"。

　　何汝言听到"极端情绪"的字眼，心里非常焦急，他起身穿上衣服，匆匆走出办公室来到楼下。

　　明明是桑塔纳新车，可何汝言怎么也发动不起来。他知道这是由于心慌意乱造成的，不能抱怨人家上海汽车。

　　他告诫自己必须冷静，坐在车里点燃一支香烟，吸着。平时他在车里很少吸烟，因为交通规则不允许驾车吸烟。生活之中何汝言是个循规蹈矩的男人，无论做什么事情都是很严谨的。改革开放的二十年间，确实有人依仗无法无天的胆量而大获成功，但何汝言认为合理运用规则才是上策，这样可以避免秋后算账。因此他从电话里得知儿子何京京由于斗殴被扣押在民主道派出所，内心不禁紧张起来。他担心儿子由于遭受"考研失败"与"女友出国"的双重打击，从此走上与社会为敌的不轨之路。那样，他将愧对亡妻的嘱托。

　　汽车终于发动起来。何汝言驾车从地下停车场驶出，情不自禁地提高车速，朝着民主道派出所的方向疾驶而去。

　　抢着驶上金苑桥，他竟然违章从右侧超车，几乎跟一辆白色奔驰顺向发生攀挂事故。他提速窜了过去，根本无暇顾及那辆受到惊吓的白色奔驰。

何京京是个受过高等教育的孩子，他怎么会在滨河广场跟别人发生殴斗呢？而且出事的现场居然名叫"雷区"，这一定不是什么好地方。何汝言这样想着，心里更加焦急。

民主道派出所坐落在一条胡同里，远远能够看到它的红灯标志。何汝言停好车子，大步朝着红灯跑去。

一个醉汉迎面走来朝着他大声喊道："你跑什么？那是派出所不是红灯区！"

何汝言无暇理睬，气喘吁吁迈进派出所大门。

值班室里坐着个黑脸警察，五官还算端正。何汝言自报家门，说是何京京的家长。

黑脸警察抬头看了看何汝言，说了声您儿子真够猛的，然后打开卷宗开始向何汝言介绍案情。

何汝言静静听着，下意识掏出一支香烟，立即遭到黑脸警察的制止："我们这里是全市著名的无烟派出所！"

"真是对不起，我儿子现在怎么样啊？"

黑脸警察说："您放心吧，八路军还优待俘虏呢，何况我们是全市模范派出所。您儿子在后院小屋里反思呢，我现在跟您介绍案情，您不要中途插话好不好？"

这时候，一位中年女士气喘吁吁走进派出所张口就问："同志，请问李笑笑在这里吗？我是她的母亲。"

何汝言没有回头去看，但他从这位女士的焦急的语气里听出家长的心情。

黑脸警察大声回答："李笑笑就是那个电视台的见习编辑吧？她走啦，十分钟之前跟她的男朋友走啦！"

"男朋友？笑笑她有男朋友啦！"中年女士显得十分惊异。

何汝言一动也不动地坐着——仍然没有回头去看。

黑脸警察似乎对中年女士的话题很感兴趣："如今的女孩子交男朋友，已经用不着跟家长早请示晚汇报啦。所以呢您也用不着大惊小怪的。"

中年女士说了声谢谢，转身走了。

黑脸警察继续向何汝言介绍案情："哎，我说到哪儿啦？"

何汝言一板一眼说："你说到如今女孩子交男朋友根本用不着向家长早请示晚汇报啦……"

"您比日本原装录音机强多啦！好吧，我也饿啦，跟您简明扼要说一说吧。事情是这样的，何京京请李笑笑到餐馆吃饭，结果遇到了李笑笑的男朋友，在洗手间门口，何京京动手把人家给打啦。当然，人家被迫还击，也打了何京京，然后餐馆打110报警，这两男一女就到了我们民主道派出所。"

何汝言问："何京京为什么要打人呢？"

黑脸警察笑了："这还用问啊，您这么大岁数什么不懂？这就是年轻人的争风吃醋呗。"

何汝言思索着："您这样解释有些庸俗。在此之前，我真的不知道何京京已经有了女朋友……"

黑脸警察急了："我可没说何京京有了女朋友。李笑笑只是跟着何京京到滨河广场的餐馆去吃饭，人家李笑笑有男朋友，人家李笑笑的男朋友跟她一块儿从派出所走的，特亲热。行啦行啦，何京京犯的事儿还够不上治安拘留。既然您是他的父亲，就在这张单子上签个字然后把他领回去吧。如今当家长的也够操心的。"

何汝言掏出金笔，工工整整签上自己的名字。

黑脸警察接过单子看了看："您是书法家吧？字儿特棒。"

何汝言觉得这个黑脸警察的嘴有点儿贫，就闭口不语。

黑脸警察伸手摁了摁桌子底下的电铃："如今社会上真正的书法家，特少。我不是跟您开玩笑，您的字儿真的特棒。"

何汝言说："多谢夸奖。"

头发蓬乱的何京京从后门走了进来。抬头看到父亲，何京京脸上掠过一丝怯意，叫了一声爸爸。

何汝言心里想，虽然大学毕业了他毕竟还是个大孩子啊。

黑脸警察说："行啦，何京京你快跟着家长回去吧。在家里踏踏实实念书，争取明年考上托福，出国留洋去。"

何汝言走上前去，十分正规地跟儿子握了握手，然后温和地说："京京，咱们回家吧。"

3

这是何京京第一次乘坐父亲驾驶的汽车，在此之前他确实没有这种机会。今天他赢得了这种机会，坐在父亲的车里却感到非常尴尬。

毕竟是自己给父亲惹了祸。

自己已经长大成人，可还是需要父亲从派出所将自己"保释"出来。这深深挫伤了何京京的自尊心，同时也感到几分人生的无奈。

你在自己的父亲面前，永远难以长大。因此很多人故意远离父亲，

76

以此逼迫自己做到真正的独立。

何汝言驾驶着汽车驶上立交桥，问何京京是不是饿了。何京京点头说饿了。父亲又问他去哪里吃饭。何京京想了想说，去紫金宫。

何汝言说："可紫金宫是中年人的餐馆啊。"

何京京说："是啊，您不就是中年人嘛。"

何京京真的感到饿了。他领着李笑笑进入"雷区"，"马来风光"仿佛是杀威棒，害得李笑笑眼含泪水跑向卫生间。卫生间门前，何京京认为崔刚对李笑笑非礼，一时冲动就动了手。两人滚成一团，打得"雷区"一塌糊涂。餐馆老板及时拨打110报警，双方都被押到民主道派出所去了。

紫金宫到了。何汝言寻找着车位，漫不经心地问儿子："你以前打过架吗？"

"大学食堂里排队买饭，经常发生小摩擦。不过在社会上跟别人打架今天还是头一次。"

父亲与儿子同时钻出轿车，走进紫金宫大厅。

何汝言问："今天你是饿着肚子打的架吧？"

何京京点了点头："是的。不过这次打架跟饥饿好像没有什么因果关系。"

父与子选了角落里的一张餐桌，坐下，四周很清静。何汝言拿出香烟："那个值班的黑脸警察，把你这次斗殴的性质定义为争风吃醋……"

何京京说："争风吃醋？这真是莫名其妙。我根本不知道那女孩子有男朋友，或者说那女孩子根本就没有男朋友，哪里来的争风吃醋？"

何汝言说："一万年太久，只争朝夕。"

服务小姐站在桌子前面，微笑着。

何汝言问儿子想吃什么。

何京京立即报出食谱："一盘红烧肉，两只大馒头，一碗西红柿鸡蛋汤。我齐啦，爸爸您安排自己的吧。"

何汝言笑了笑，对服务小姐说："在这个基础上，给我添一瓶啤酒，一份炒牛河。请快一点儿上菜。"

服务小姐微笑着走了。

"京京，我再说一句，咱们就结束今天的谈话，你已经是大人了，我希望你能像大人一样——既准确地判断自己，同时也能准确地判断对方。"

何京京手里拿着筷子："爸爸，您能把话说得具体一点吗？"

何汝言似乎不愿意与儿子就这个话题展开讨论，他脸上透出无奈的神色，说："派出所的黑脸警察告诉我，出事之后那女孩子跟她的男朋友一起离开的派出所。也就是说她其实是有男朋友的。我的意思是说你并不了解那个女孩子。多年的夫妻啦也未必知己知彼，何况你们这一代年轻人呢。你喝一杯啤酒吗？"

何京京点了点头："喝。"

饭菜很快就端上来了。何汝言慢慢喝着啤酒，告诉儿子关于派出所的话题告一段落，现在可以无题漫谈了。何京京吃着红烧肉，那样子仍然很像食堂里的大学生。

何汝言开始吃炒牛河。紫金宫的粤式炒牛河，味道不错。

父与子各自吃着，十分投入的样子。

何京京吃掉一盘红烧肉、两只大馒头，喝光一碗西红柿鸡蛋汤，然后开始擦拭脸上的汗水，做出准备撤离战场的姿态。

"吃饱了吗?"何汝言抬头看着儿子。

何京京思忖着,说:"我想带走四只麻团。"

何汝言不明白儿子为什么爱吃这种东西。妻子活着的时候从来不吃油炸食品。看来儿子已经改变了家风。

父与子,一前一后走出紫金宫饭店。晚风迎面吹来,含有几分凉意。何汝言似乎想说什么,欲言又止的样子。

何京京站在父亲的桑塔纳轿车前面:"爸爸,要是您没别的事儿,我就打的回去啦。"

何汝言拍了拍额头:"我想起来啦,今天下午你在写字楼大厅里给我打电话,说是有重要的事情要跟我谈一谈……"

何京京说:"是啊,不过我现在改变主意了。"

何汝言问:"你这话什么意思?"

何京京说:"我改变主意了,就是说我不想跟您谈啦。"

"噢,既然这样,你就打的走吧。我还要到公司去,有一份企划书没有弄完。你回家洗洗就睡吧,如果上网呢也不要弄到深更半夜的,影响身体健康……"

何京京朝着父亲点了点头:"爸爸走好。"

何汝言钻进车子,疾驶而去。

何京京顺着河边的带状公园,缓步朝前走去。

李笑笑真的已经有了男朋友?如今的女孩子同时交往几个男朋友,广种薄收,不足为奇。即使李笑笑有了男朋友,这又能说明什么呢?只能说明李笑笑拥有迷人的魅力。

何京京这样想着,心头五味俱全。

1

李笑笑恨死那个黑脸警察了，这家伙以核实当事人真实身份为由，当场就给电视台总编室打了电话，将李笑笑和崔刚发生在"雷区"的故事传播出去，弄得天下哗然。

李笑笑毕竟处于见习阶段，名声非常重要。李笑笑在名声变坏的同时还将崔刚拉入泥淖，弄得人家也说不清楚。面对好心的崔刚，李笑笑深感内疚，一时不知如何为他挽回不利影响。

崔刚表现得很大度，反而安慰李笑笑。他说："事情往往如此，是真的它就假不了，是假的它就真不了。"

大众传媒已经认为崔刚是李笑笑的男朋友，李笑笑是崔刚的女朋友。对李笑笑最不利的舆论是：李笑笑同时还有一个男朋友，于是发生了"雷区"遭遇战，两个小伙子为了一个姑娘而大打出手。

应当承认，这条新闻具备五个"W"要素，并且在逻辑上完全能够成立。于是，这条极富生命力的新闻开始传播。

第二天，电视台文艺部的领导找李笑笑谈话了。

李笑笑很像一只惊慌失措的小鸟，表情紧张地走进领导办公室。

文艺部副主任其实年岁不大。因为担任领导工作多年，使得他脸上的沧桑远远超过实际年龄。

李笑笑坐在副主任办公桌前面，先是小心翼翼递上领导要她完成的那个关于海边渔村专题片的解说词，然后就不说话了。

文艺部副主任接过解说词看了看，说很有修改基础，然后就将稿子放在桌子上。

李笑笑难以忍受这种大战之前的惊人静寂，主动问道："主任，您找我有什么事情吗？"

文艺部副主任抬头看了看李笑笑，说："其实也没有什么事情，我只想告诉你一句话，你的工作来之不易，为了你能进电视台工作，资深编辑李埃同志远赴西藏工作，世界屋脊至少要两年吧。我呢希望你能够珍惜这份工作，这几年应当以工作为主。当然，我们并不反对交朋友谈恋爱，可交朋友谈恋爱的时候，应当正确处理严肃对待，不能把自己的感情当成儿戏。反正该说的话呢我都说啦。今天就谈到这儿吧。"

李笑笑眼睛里含着热泪站起身来说："您要是没有别的事情，我就回去啦。"

文艺部副主任见她并不进行解释，说："崔刚那小伙子不错啊，特踏实、特诚恳、特专一……"

李笑笑不言不语走出领导办公室。这时候她感到 BP 机在震荡。由于跟领导谈话，她将呼机调到了自动震档。

她看到屏幕上显示出学校的电话号码，这是妈妈发来的传呼。

世上只有妈妈好。

李笑笑急着给妈妈复机，朝着自己的办公室走去。楼道里，她迎面遇到崔刚，只得尴尬地朝他笑了笑。

李笑笑今日脸上没有阳光。多云。

崔刚小声说："笑笑，你一定要挺住！"

李笑笑受到感动，使劲点了点头。其实人家崔刚是无辜的。

办公室里李笑笑拨通了妈妈学校的电话。一个阿姨接电话，说那老师刚才还在这里，外面有两个学生打逗，崴了左脚，那老师送学生去医务室了。

李笑笑说过一会儿再打，缓缓放下电话。

她呆呆坐在电话机前，自己也说不清楚究竟等待着什么。

我似乎是在等待一件事情的发生。什么事情呢？不是已经发生了雷区事件吗？无论怎样解释，我在舆论里已然成为崔刚的女朋友，当然是脚踏两只船的女朋友。尽管我感到莫名其妙，但公众已有定论。公众舆论希望我做的，就是尽快结束犹豫彷徨的状态，改正心猿意马的毛病，专心致志成为崔刚的女朋友。唉，其实崔刚也挺可怜的……

何京京到底怎么样啦？总不至于还关押在派出所的小屋里不让回家吧。如今人们懂得法律了，派出所无权滞留公民超过二十四小时。何京京真是个情绪化的男孩子，二话没说就动了手，很像中国版本的袖珍骑士。

雷区事件——这令人感到莫名其妙的事情就这样莫名其妙地发生了。

临近下班时间，李笑笑终于拨通电话找到了妈妈。

妈妈当头就说："笑笑，关于雷区的事情我已知道了，咱们应当谈一谈啦。"

李笑笑感到意外："雷区事件？雷区什么事件啊？"

那蓝心叹了一口气："笑笑你从来不说谎，今天怎么这样不诚恳啊？两个男孩子为了你居然动手打了起来而且进了派出所，难道这是空穴来风吗？我跑到派出所的时候，值班的警察告诉我你已经跟男朋友走啦。笑笑，一个女孩子交友要慎重，更不要养成一脚踏在船上一脚踩在岸上的坏习惯……"

李笑笑思考着说："妈妈，看来咱们是应当谈一谈啦。今天晚上您什么时候回家？"

那蓝心在电话里说："有两个差生……"

李笑笑愤怒了："妈妈，昨天我从派出所回家，等到晚上十点半钟您还是没回来，我就睡啦。第二天我醒来的时候您已经上班走啦。您口口声声关心女儿，可是就连跟我坐在一起谈心的时间都没有……"

那蓝心想了想，说："好吧，今天我一定早早回家。"

"不过，有一个问题您必须现在回答我，否则我拒绝回家谈话。"

那蓝心问："什么问题有这么严重？"

"您是怎么知道我的事情的？"

电话里一阵沉默。

"笑笑，其实这也不是什么秘密，昨天下午我在学校接到电话，是个声音有些沙哑的男同志，他让我立即赶到派出所……"

李笑笑放下电话。一个声音有些沙哑的男同志？妈妈使用的仍然是传统术语"男同志"。可这个男同志究竟是谁呢？

爸爸是男同志，崔刚是男同志，何京京也是男同志……这真是一个毫无特征的名词，强调的仅仅是性别而已。

李笑笑对这个已经死亡的名词感到愤怒。

第 六 章

1

那蓝心与李笑笑的谈话很不顺利。这天晚上母女之间终于爆发了一场激烈的争吵。

李笑笑否认自己有男朋友。这使那蓝心感到伤心，她认为女儿回避事实真相，缺乏诚恳态度，不能本着实事求是的态度与母亲对话。那蓝心甚至认为女儿参加工作之后发生了突变——一道鸿沟已经横在母女面前，但是没有桥。

那蓝心进入优秀教师的角色，变成质问的口吻。

"既然你声称没有男朋友，那么在雷区斗殴的双方，一个是你的男同事崔刚，另一个是什么人？"

李笑笑面对这种质问，拿出当年幼儿园小丫头们吵嘴的本领。

"另一个是什么人？另一个是中国人。"

那蓝心突然笑了，她意识到自己犯了一个低级错误，这样争吵下去，只能是白白浪费时间和精力。

"好啦，今天我们不谈啦，吹熄灯号，睡觉。"

李笑笑仍不罢休："妈妈，您特像一位女将军，还参加了科索沃战争……"

那蓝心不再说话，走进卫生间洗澡去了。

李笑笑坐在沙发上反思，突然心血来潮，走到卫生间门外，朝着里面大声喊道："妈妈，我为什么不能有男朋友，现在我不再否认啦，我有男朋友！我有男朋友！"

那蓝心披着一头湿发，裹着浴巾冲了出来："笑笑，你的男朋友到底是谁？"

李笑笑呆呆注视着妈妈，然后学着电影《甲方乙方》里的语气大声喊道："打死我也不说！"

那蓝心似乎意识到自己的形象有碍观瞻，转身跑进卫生间。

李笑笑嘻嘻笑了。

她找出一支签字笔，写了一张纸条放在妈妈卧室床头：亲爱的妈妈，您休息吧。明天我们再谈。

李笑笑睡了，而且睡得非常香甜。梦里，白马王子远远朝她走来——她终于拥有了甜美的爱情。

第二天上午。美梦使得沉浸在幸福之中的女孩子迟迟难以醒来。阳光抚摸着李笑笑的脸庞，她终于睁开眼睛，仍然不愿走出甜蜜的梦境。拥有爱情的梦境，真好。

妈妈一定去上班了。优秀教师毕竟是优秀教师，就算离开家庭也离不开讲台。李笑笑起床，又想起那个家伙——何京京。

我应当打电话慰问他呢还是他应当打电话慰问我呢？

哼，谁也不要慰问谁！就这样坚持着吧，谁坚持下去就是最后的胜利者。

大约九点钟的时候，李笑笑走出家门前往电视台，上班去了。

九点五分，李笑笑家的电话响了。

家里没人。电话铃铃响个不停，很执着，一共响了十二声。

半小时以后，李笑笑走进电视台大门。电梯里的人很多，人们都用异样的目光注视着这位年轻的见习编辑。

李笑笑心里想，雷区事件使我成了电视台的名人啦。这样也好，一夜成名，跟影星似的。

出了电梯，李笑笑听到身后立即响起一阵议论声，说她是谈恋爱的高手，跟下盲棋似的，同时能够应付好几个人。

楼道里，崔刚迎面大步跑来，满脸焦急的神色。

"你怎么啦崔刚？"

崔刚的表情立即神秘起来，压低声音说："有一件十万火急的事情，十分钟之后咱们在小花园里见面！"

李笑笑茫然："你现在告诉我不就结啦。"

崔刚摇了摇头，再次强调十分钟之后小花园里会面。

走进办公室，屋里没人。李笑笑一时冲动起来，大步走到办公桌前给何京京家里拨通了电话。

总共响了十二声，没人接电话。

李笑笑放下电话："何京京你以为你是冤假错案啊？哼，你就装深沉吧，反正我再也不会给你打电话啦。"

同屋的邵大姐走了进来，说："李笑笑，半小时之前有人给你打电话，我说你还没来呢。"

李笑笑试探着问："谁呀？"

邵大姐是个很有教养的知识分子："对不起，我接电话从来不问对方是谁。"

李笑笑又问："男的女的？"

邵大姐整理着文件说："男同志。"

李笑笑说了声谢谢。她心里暗暗说道，男同志？八成是那位何京京同志。邵大姐自言自语说："崔刚这个小伙子啊，不错。"

李笑笑知道邵大姐是善意的，就说："是啊，崔刚是个好同志。"

2

崔刚说的小花园就是坐落在电视台大院角落里的一块绿地。由于灌木繁茂，这里显得清静而隐蔽。电视台的民间人士，无论阴谋还是阳谋往往都要跑到这里来商议。这里的最大好处是不禁止吸烟。

崔刚已经吸了三支香烟。李笑笑终于姗姗而来。崔刚起身迎上前去——给人的感觉是他要拥抱李笑笑。

李笑笑慌忙说："崔刚你是个好同志……"

崔刚并不理会李笑笑的称赞，拉着她坐在长椅上，张口就说："李笑笑，现在有一件天大的好事儿摆在你面前，我正在为你争取这个机会，一旦成功你就能够跟随摄制组前往西藏啦！"

由于这个消息来得过于突然，李笑笑一时难以做出反应，只是呆呆看着崔刚。

崔刚抓住她的手说："难道你不认为这是个好机会吗？在拉萨你肯定能够见到你父亲的！"

李笑笑注视着崔刚："这是真的啊？"

崔刚："我正在说服专题部的主任，如果他同意你加入摄制组，事情就妥啦！大约七天之后出发。"

李笑笑热泪盈眶："崔刚你真好！"

崔刚搂着她的肩头说："广告部的副主任杨伟是我的好朋友，我托杨伟去游说专题部主任，估计问题不大！"

他说着试图将她搂在怀里。她侧身摆脱了他粗壮胳膊的围拢，拿出手帕擦干了眼泪。

"现在很少有人使用手帕啦。"崔刚渐渐冷静下来，评论着李笑笑的黄色手帕。

李笑笑叹了一口气，说："崔刚，有一部日本电影《幸福的黄手帕》，你看过吗？"

"好像看过。那时候我还小，看过其实也看不懂。"崔刚说。

"我的心里很乱……"李笑笑站起身来，望着秋季灌木说。

崔刚心里不踏实了："那去西藏的事情……"

"这当然是求之不得的好事情啦。但愿成功，我就能在拉萨见到父亲啦。"

崔刚心里踏实了："那我就去努力啦！估计问题不大……"

"崔刚，谢谢你……"

"这是我应当做的。"崔刚注视着李笑笑，目光真诚而炽热。

李笑笑当然能够读懂崔刚目光中所蕴含的内容。

3

市教育局组织部打来电话，是个男同志，自称姓金。他约请那蓝心下午两点钟到教育局办公大楼 206 室谈话，并且叮嘱她一定要准时到达不能迟到。

那蓝心放下电话如坠十里迷雾之中。这位姓金的男同志是谁啊？尽管心生疑惑，但她还是按时到达了市教育局办公大楼 206 室。

这是一间小型会议室。一个女同志坐在这里写材料，见到那蓝心，这位女同志起身问道："您是金部长约来谈话的吧？请稍候。"

金部长？看来打电话自称姓金的那位男同志是组织部的部长。

金部长中等身材中年人，款款走进会议室。那蓝心起身与他握手，感到面相十分生疏。金部长自我介绍说从外地调到这座城市工作，只有半年时间。

那蓝心问金部长是从什么地方调来的。

金部长说："西藏，日喀则。"

那蓝心笑了笑，说："哦，您辛苦啦。"

金部长开始跟那蓝心谈话。这是那种组织部门极其规范的谈话，依照既定程序进行，机械而充满理性。那蓝心平时在基层教书，对这种谈话很不适应。

老同志遇到了新问题。金部长的谈话极不具体。那蓝心走出教育局大门的时候，几乎难以回忆这次谈话的基本内容。她猛然意识到，如果一个教师这样给学生讲课，泛泛而谈空空而论，那绝对是误人子弟啊。

那蓝心只记住了金部长的这句话："你们十一中目前还缺少一位主管教学的副校长。"

那蓝心暗暗笑了，担任十一中的副校长与援藏相比，恐怕更为辛苦。

离开市教育局那蓝心乘坐地铁直接回家。今天晚上家里还有一场艰苦卓绝的母女对话正等待着她。

路上，那蓝心给笑笑买了一兜猕猴桃。无论女儿如何嚣张，母亲总觉得她是个可爱的小动物。

小动物吃猕猴桃，那场面是很有意思的。

那蓝心怀着这种心情，走进家门。

家里的气氛令那蓝心大吃一惊。

客厅里摆着一张餐桌，上面摆着四个色香味美的冷盘。厨房里笑笑正在煎炒烹炸，忙得不亦乐乎。

李笑笑端着一盘白灼大虾从厨房里走出："妈妈，在跟您开展尖锐激烈的谈话之前，我代表远在西藏的爸爸向您表示慰问。"

那蓝心怀里抱着猕猴桃说："慰问……今天这是怎么啦？"

李笑笑："我决心乐观地面对生活，脸上永远充满阳光。"

那蓝心表示不解："你以前也没悲观啊？"

"妈妈，您是喝葡萄酒呢还是喝啤酒呢？当然，您不能喝白酒。"

那蓝心看不透女儿的真实心情，只得试探着说："你喝什么酒？你喝什么酒我就喝什么酒。"

李笑笑又从厨房里端出一条清蒸鳜鱼。

餐桌上，李笑笑打开一瓶王朝干红，"妈妈，咱们都喝葡萄酒吧。您那里有什么好消息吗？"

那蓝心并不认为即将提拔为中学副校长是什么好消息，就摇了摇头。

"您那里要是没有什么好消息，我这里献给您一条好消息吧。我正式向您承认，我是有男朋友的。"

那蓝心并不惊讶："嗯，这算不上什么最新消息。因为在此之前我已经认定你有了男朋友。你还有什么惊人的消息啊?"

"还有一条惊人消息必须今晚十点发布。妈妈,你想知道我的男朋友是谁吗?"

"当然想知道。你爸爸不在家,我必须对你负责啊。"

李笑笑提议干杯,那蓝心为了彻底摸清对方的兵力部署,便举杯响应。李笑笑给妈妈夹了一只大虾:"至于我的男朋友的真名实姓,我从西藏回来之后,一定会告诉您的……"

那蓝心惊了:"什么!你要到西藏去啊?"

李笑笑点了点头:"我台专题部拍摄有关西藏的专题片,队伍先到拉萨,然后分三路行动。我呢一到拉萨就能见到爸爸啦!"

"笑笑,这是真的?"

母亲高兴起来,举杯祝贺女儿的工作在单位受到上级重视:"你一定工作非常出色,否则领导也不会派你进藏拍片啊!"

母亲的夸赞令女儿内心感到尴尬,因为她的西藏之行毕竟是崔刚东奔西走极力促成的。但李笑笑还是跟母亲碰了杯。

那蓝心有些激动,目光紧紧注视着女儿:"笑笑,妈妈可从来没有喝过这么多酒啊!二十年前跟你爸结婚的喜宴上,那么多人逼着我喝酒,我都没喝。不过那时候是计划经济时代,生活艰苦,哪里有什么法国干红啊!"

母亲与女儿,一杯接一杯喝着红色的葡萄酒。她们的面孔渐渐绯红起来,与葡萄酒交相辉映,霞光灿烂。

这就是葡萄酒的魅力——母亲显得年轻,女儿显得成熟。

临近十点钟的时候,她们居然喝光了两瓶葡萄酒。李笑笑显然忘记了今晚十点钟是她发布重大新闻的时刻。但那蓝心是不会忘记的。

"笑笑，现在已经十点多钟了，你不是说要发布一条惊人的消息吗？"

李笑笑怔了怔，说："我的惊人的消息已经发布啦！"

"什么消息？"

"我去西藏啊！"

那蓝心笑了："你真是个心里盛不住事儿的孩子啊。"

"妈妈，今天我向您保证，从西藏回来我立即把男朋友的名字告诉您……"

李笑笑的脸上露出醉态。那蓝心告诫女儿，女孩子在家里可以喝几杯酒，一旦到了社会上就不能喝酒了。

李笑笑指着厨房说："妈妈，战场由您来打扫吧，我回闺房去休息啦。"

那蓝心也有几分醉意，她觉得女儿非常可爱。

葡萄酒真好。

李笑笑走到自己房间的门前，转身笑着对妈妈说："此时您要是问我男朋友的名字，我真的说不上来！我心里好矛盾啊。"

那蓝心听了女儿的话，心里顿时明白了。

4

身为父亲，何汝言对儿子并非漠不关心。五十而知天命，正是精力最为旺盛头脑最为清醒的年龄，何汝言深知什么是"火候"。当天晚上他从派出所将何京京接出来，只能采取"放"的战术，这样能够促使儿子的情绪尽快冷静下来。果然，何京京的情绪没有出现更大的波动，一夜无话。

然而，出人意料的是第二天下午，何京京失踪了。何汝言怎么知道儿子失踪了呢？原来何京京在父亲的 BP 机语音信箱里留言说："爸爸，我要在这个世界上消失一段时间，请您不要着急，也不要找我。"

何汝言大惊失色。他知道何京京从小性情执拗，说出的话如同泼出的水，言而必行。

好在何汝言是个理性男子，并没有乱了方寸。他经过精细的筛选，只给两家远亲打了电话，轻描淡写聊了几句，得知何京京并没有出现在外地亲戚家里，道谢之后放下电话。

何汝言坐在家里一支接--支吸着香烟，思考着寻子方案。

其实只要两个方案：

A. 现在就动手写一篇情真意切的寻子启事，明天登报。

B. 上网寻找何京京。

何汝言认为：

A 方案实现起来比较容易。何汝言在本市报社广告部有朋友，找个电话口授一篇寻人启事，明天保准见诸报端。

B 方案实现起来也没有什么难度，打开电脑上网就是了。

最后的选择是双管齐下，A、B 方案同时实施。

何汝言拨通电话给报社广告部的朋友口授了一篇"寻子启事"。朋友在电话里记录着，并且保证明天在本市晚报四版见报。然后朋友对他的才思敏捷、出口成章赞不绝口："老何，就冲你这水平，想当作家就是作家，想当记者就是记者，想当编辑就是编辑，比我们报社那几块料强百倍！可惜你生不逢地生不逢时啊。"

何汝言说："老兄过奖啦。我连自己的儿子都弄丢了，还谈何才华啊，这件事情就拜托啦。"

放下电话，何汝言又吸了一支香烟，坐在桌前打开电脑。

奔腾三的速度显得慢了，尤其是晚间上网，愈发拥挤。何汝言在网上也算是老将了，尽管网友们并不知道他的真实面孔。

电话铃响了。何汝言抬头看了看时钟，已经半夜十二点了，不知是哪位夜游神打来电话。

"喂。"何汝言拿起话筒，口气十分温和。

电话里没有声音。何汝言倏地产生一个直觉：这个电话是打给何京京的，而且是一个女孩子。

何汝言又喂了一声，竟然从话筒里听到一丝呼吸。他知道对方屏住呼吸，就说："喂，如果你找何京京，他今天晚上不在家，而且这几天他可能都不在家。假若你有什么急事，也只能等待几天。我是何京京的父亲，我也在等待他回家……"

何汝言说到这里，对方放下了电话。

"这极有可能就是那个名叫李笑笑的女孩子。"

他自言自语着，点击着鼠标进入聊天室。

"哈罗！"他跟大家打了个招呼。这就是电脑天地，这里没人知道他的真实身份、真实姓名、真实性别，更没有知道他是一个走失爱子的父亲。

网络是另外一个人间。

聊天室里他突然发出一声呼喊："何京京，你在哪里呀……"

5

本市晚报一般下午两点就印出来了，满大街叫卖。何汝言的寻子启事，果然刊登在第四版右下角的醒目位置。

何汝言坐在办公室里，看着晚报上刊出的昨天夜里口授的寻子启事。

"京京，这茫茫人海的你总应当给爸爸打个电话吧?"何汝言放下报纸心里这样想。

婚姻介绍所今天已经发来两次传呼，极执着，令何汝言感到无处藏身。何汝言终于抵挡不住，回了电话。

婚姻介绍所的小姐听说他是何汝言，立即显出极其激动的样子，说白女士依然没有放弃与他会面的念头，希望何先生接受这个要求。

何汝言告诉婚姻介绍所的小姐："这几天我正准备结婚，不能满足信托投资公司副总经理的这个要求，非常抱歉。"

婚姻介绍所的小姐惊了，非要何汝言谈谈这桩速成婚姻的内情，以利于她们今后开展婚姻介绍工作。何汝言告诉她，中年男女之间，一见钟情依然存在，这种突然迸发的情感火花并不逊色于年轻人。

"您这次就是一见钟情吗?"

何汝言十分幸福地答道："当然是一见钟情。"

放下电话，何汝言猛然觉得自己像个顽皮的大孩子。人，看来是很难彻头彻尾长大的。

何汝言为自己即兴编制的爱情故事而感到得意的同时，也为自己编制的美丽爱情故事而黯然神伤。人到中年还会一见钟情? 这真是天方夜谭啊。说谎是要付出代价的。他自编自演了爱情故事之后，心情很乱。坐在办公室里他什么事情也做不下去了，一支接一支吸着香烟，等待着暮色爬上窗台。

此间 BP 机响过两次，他根本不去理睬。BP 机毫不知趣地叫唤着，声音显得很烦躁。

毕竟是商人，唯恐误了生意。他终究还是看了看传呼机，并且立即复机。30665028。

电话里传出一个女孩子的声音："请问是何汝言先生吗？"

何汝言说是。女孩子说看了今天晚报上刊登的寻人启事，感到非常突然，何京京为什么要离家出走呢？

"何京京的离家出走很可能与情感际遇有关，你能告诉我你是谁吗？譬如说你是不是何京京的女朋友……"

女孩子似乎很冲动："我当然是何京京的女朋友，我想何京京也会这样认为的。如果不是这样，我干吗要给您打这个电话呢？"

何汝言说："既然这么说，那你就是李笑笑小姐啦？"

"您怎么知道我的名字？何京京是不是跟您谈起过我？"

何汝言说："我们应当联合起来共同寻找何京京……"

"请您正面回答我的问题，何京京是不是跟您谈起过我？"

"他没有正面跟我谈起过你。我想他没有正面跟我谈起你是因为他没有这个机会……"

李笑笑说："今天晚上，我往您家里打电话可以吗？"

"随时恭候。"

放下电话，何汝言认为很有收获："无论怎么说，这个李笑笑见到寻人启事之后，终于浮出水面。这说明何京京没有白白投入感情，进了派出所也值得啊。"

晚上六点钟，何汝言驾车回家。他是从来不吃美式快餐的，但为了节约时间，尽早回家等待李笑笑的电话，他中途停车买了一份麦当劳，回家充饥。

回到家里，他首先钻进浴室洗澡。他不知道李笑笑什么时候打来电话，因此一切都处于未雨绸缪的状态。

然后他坐在客厅里吃着美国佬发明的快餐——麦当劳。

其实味道还可以。他发现中年人吃这种快餐，最大的好处就是容易焕发青春意识。

《新闻联播》之后，电话终于铃铃响了起来。正在品尝可口可乐的何汝言拿起话筒，认定这是李笑笑打来的电话。

"爸爸，我是何京京……"

何汝言终于长长呼出一口气："天啊，京京你终于露面啦！"

尽管这个故事的开篇并不曲折——寻人启事注销的当天晚上何京京就露面了，但是何汝言深知，何京京与李笑笑的爱情故事刚刚拉开帷幕。

他在电话里告诉儿子，李笑笑打来了电话。电话的那端沉默了一会儿，然后何京京终于说出自己的心情："我现在很想见到她……"

"这就是你俩之间的事情了，我该睡啦。"

何汝言故意打了个哈欠，显出漫不经心的样子。

放下电话之后，何汝言自言自语说："恋爱真是一条艰苦卓绝的道路啊。京京你就一步步朝前走吧。"

口服两片舒乐安定，何汝言哼唱着一首老歌《革命人永远是年轻》走进卧室，享受失眠的滋味去了。

凌晨两点钟，何汝言床头的电话机大声叫唤起来。

第 七 章

1

凌晨两点钟，入睡不久的何汝言即被电话铃声吵醒。他揿亮床头台灯，抓起听筒"喂"了一声。

一个女孩子的声音充满话筒——这是李笑笑。

何汝言伸手掐了掐太阳穴，这样能使自己的头脑彻底清醒过来。这时候他听出李笑笑的声音充满激情。

李笑笑称他"何叔叔"，并且就深更半夜的电话打扰向他表示歉意。然后李笑笑嘤嘤哭了起来。

何汝言慌了，不知道又发生了什么事情。他只能安慰李笑笑，希望她能够冷静下来，千万不要感情用事。

"你现在在什么地方？"何汝言问她。

她说在自己家里。她还说在此之前何京京与她通了三个小时的电话，她终于明白了——她与何京京之间存在着一见倾心的爱情。

"哦……"何汝言知道处于亢奋状态的年轻人，往往言过其实。随着情绪的冷却，心目之中的那道迷人彩虹往往就不那么美丽了。因此，何汝言对这桩突发的爱情，保持一种审慎的态度。

李笑笑的情绪仍然处于亢奋状态——何汝言不冷不热的态度使她再度哭泣起来。

"笑笑，我能帮您做什么吗？譬如你面临什么困难……"

"不。我目前根本没有面临什么困难。我们只想得到家长的理解，尤其是我想得到母亲的理解……"

何汝言说："其实这并不困难。我想母女之间总是容易沟通的，当然一定要心平气和，千万不要性急。我想主要原因可能是由于你们这种突然爆发的爱情令家长措手不及，于是产生怀疑心理，怀疑爱情基础是否牢固啊？怀疑双方感情能否持久啊？家长产生这种怀疑心理，我想也是可以理解的。因为，一见倾心的爱情在我们的市俗生活里毕竟少见啊。"

李笑笑似乎并不反对何汝言的这番论说，她说："是的，社会学家认为一见倾心的爱情往往是最为牢固的。我跟何京京就属于典型的一见倾心。我知道何京京离家出走的真正原因是什么，就是因为我。只有我们之间能够迸发爱情火花——即使我们是两块石头，那也是两块充满缘分的石头。我从内心深处感到幸福，何京京也是。过几天我就要到西藏拍专题片了，我想在临走之前跟妈妈好好谈谈。不过，我首先想问问您，您对我与何京京的爱情持什么态度？"

何汝言觉得李笑笑是个幼稚而可爱的女孩子，但他不想挫伤她的心灵。他说："笑笑，我还没有见过你啊，因此我不能随便发表言论。不过有一点我可以坦白地告诉你，我不是那种无理干涉儿女婚姻自由的家长。"

李笑笑又哭了："谢谢何叔叔。"

2

何京京终于回家了。看来李笑笑所言不虚，何京京是为了心爱的姑娘而离家出走的。如今双方对这场突然爆发的爱情已达成共识，何京京如释重负，自然也就回家了。

何京京早晨九点走进家门。他身上由于几天没有洗澡而散发着特殊的味道，白色衬衣经过几天汗水的腌制，已成功地转成灰色。

父亲似乎正等待着儿子的归来，开门的时候何汝言的脸上挂着微笑。何京京很像一只离家多日的小狗儿，显出几分狼狈的同时，脸上还透着漫不经心的表情。

何汝言看着从情场归来的儿子，知道身为人父此时不宜多言多语。

父亲与儿子同时保持着黄金般的沉默。

桌上摆着早餐，是牛奶和鸡蛋。何京京坐在餐桌前，抬头看了看父亲，说："爸爸，您辛苦啦。"

"爸爸不辛苦。你辛苦啦。"

"您这不是挖苦我吧？"

"父亲挖苦儿子，对他自己有什么好处呢？再说，你也没做什么引人挖苦的事情啊。爱情，是人类最理直气壮的行为。"

何京京低着头说："谢谢爸爸。"

然后何京京大口咀嚼起来。

何京京吃饭的姿势，很像他的母亲闻一芳。闻一芳去世多年，何汝言觉得将儿子培养成人是对亡妻的最有价值的怀念。

何汝言坐在儿子对面，慢声慢语说："夜里李笑笑打来了电话，情绪波动很大……"

"今天早晨我们通了电话，她的情绪已经稳定，心情开朗多了。"

何汝言注视着儿子，问："你们的爱情好像爆发得很突然？"

"是的。在此之前我也不懂得什么叫火山爆发。通过这次经历，就懂了。"

"你给爸爸讲一讲，好吗？如果你愿意的话……"

何京京想了想，然后表情郑重地告诉父亲，李笑笑是个很好的女孩子，李笑笑与崔刚不是恋爱关系，只是电视台的同事而已。雷区事件之后，何京京说虽然感到苦恼，并没有认为自己已经离不开李笑笑了。但他万万没有想到，自己无法消化这颗自己制造的苦果——失去李笑笑就如同生活失去阳光。

"因此，我只能离家出走……"

何汝言极认真听着，轻声询问："其实，你与李笑笑认识时间并不长，甚至只在写字楼大厅里见过一面，而且还是很偶然的，是这样吧京京？"

"是啊，通过这件事情我终于相信了缘分。我读大学的时候，每天在食堂里要见到多少人啊！可是我对此毫无记忆。就说同桌的宋勤吧我如今几乎把他给忘啦。其实时间的长短并不能够衡量情感的深浅。起初我与李笑笑只是在电话里偶然相遇，彼此听到的只是对方的声音，可是总觉得已经接触了对方的心灵！我真的无法用语言向您描述这种幸福的体验，然而我真的品尝到了什么叫作幸福！"

何汝言小心翼翼问着："是吗？"

"真的，这幸福其实就是爱的痛苦！请您相信我说的是实话，我觉得不是人人都有机缘来体验这种爱的痛苦，真的，这种爱的痛苦在我们人类的情感世界里，很像是一种稀有金属……"

何汝言注视着儿子："京京，爸爸相信你说的是实话，爸爸也相信你表达了内心的真情实感。真是不爱不明白啊。谢谢你这番描述，我已经很久没有听到这种充满生命激情与青春气息的表达啦！"

何京京似乎没有料到父亲如此通达，心情非常激动。

"京京，这是人生难得的体验，我想你肯定懂得如何珍惜啊。"

何京京十分坚定地点点头："一会儿，笑笑约好要打来电话的。"

何汝言站起身来，说："你们继续交往下去就是了，预祝你和笑笑在爱情路上一帆风顺。你休息一会儿吧。对于你来说这仅仅是个开始，真正的爱的痛苦，还在后头呢。好吧，爸爸要去公司上班啦。"

何汝言说罢，拎起皮包走出家门。

何京京热泪涌出，自言自语说："谢谢爸爸……"

坐在客厅的沙发上，何京京等待李笑笑的电话。

8

莫非风云突变？何京京整整等候了一个上午，临近正午还是没有接到李笑笑打来的电话。这一定是出了什么问题。他焦急地在房间里踱步。

他想给爸爸打个电话，随即又否定了这个念头。你已经是个进入恋爱季节的男子汉啦，遇到困难居然还要向老爸发出求救信号。

何京京的脸有些发红。

事已至此，他只能主动给李笑笑家里打个电话。何京京知道今天上午李笑笑在家里正式向她母亲摊牌——和盘托出这个突然爆发的爱情故事。

但愿李笑笑的母亲愿意欣赏这个突然爆发的爱情故事。

何京京拨通 30665028，电话铃响了三声，继而就传来一位高雅女士的声音。

"喂……"

"请问是李笑笑家吗？我是她的男朋友何京京，我……"

"哦，何京京？我是李笑笑的母亲。何京京你有什么事情吗?"

"笑笑在家吗?"

"笑笑不在家。"

"笑笑约好今天上午跟我通电话的。那阿姨笑笑是不是出了什么事情？我心里很惦记她……"

"笑笑很好，请你不用挂念她。何京京，你与李笑笑之间突然爆发的这场恋爱，令我措手不及。我觉得在笑笑与你确立恋爱关系的关键时刻，我应当跟你谈一谈。"

何京京立即答应："那阿姨，我觉得这样的沟通是非常必要的，请您确定时间和地点吧。"

"你知道教师培训学院吗？今天下午两点钟在学院门口的广告牌前。我听说你身高一米八五？到时候我会认出你的。"

何京京表示一定准时到达。

距离下午两点钟还有一个半小时。何京京的情绪波动起来——李笑笑到底遇到了什么问题？明明约好今天上午通电话嘛怎么突然又发生了变化。

他再次萌发给父亲打电话的念头，之后再次为自己的脆弱而感到脸红。

自己的事情自己做。

何京京为自己冲了一碗方便面,吃着,心里仍然思念着情况不明的李笑笑。

真是莫名其妙就爱上了一个女孩子,爱得毫无道理而且难舍难离。

他不知道自己怎样吃下的这碗方便面,抬头看了看墙上的时钟,嗯,应当早早走出家门。

天气还是挺热的。今年的秋天给人们留下夏意难绝的印象。这就是夏的缠绵。从前只知道夏的严酷,今年终于懂得了夏天也具有无以了却的意味。

何京京乘坐公共汽车前往教师培训学院。他告诫自己既然进入恋爱季节,就应当从自身做起——悄悄地省吃俭用,这样就能将积蓄起来的人民币统统用在恋爱的道路上。何京京知道恋爱是需要花钱的。

中途换车的时候,何京京看到几个扛摄像机的小伙子正在抓拍街景,看样子是电视台的记者。他想起崔刚,尽管李笑笑几次强调她不是崔刚的女朋友,但崔刚毕竟是不可忽视的存在,而且几天之后李笑笑就要跟随崔刚以及摄制组前往西藏拍片子。

何京京的情绪再度波动起来。

尽管情绪波动,他还是提前十分钟到达现场。秋天的阳光虽然不太强烈,站在教师培训学院门口的广告牌子前面,何京京还是满脸淌汗。他中规中矩地站在约定的地点,晒着。

李笑笑的母亲究竟是一个什么样的女士呢?何京京心里猜测着,认为那蓝心老师应当是职业女性的装束,文雅而大方。

大街对面的树荫里站着一位中年女士,身材高挑,衣着却十分朴素，普通的白衬衣，普通的蓝裙子，手里拎着一只网袋，网袋里装着几本书。

何京京注意到这位中年女士。莫非她就是那蓝心老师？这套装束如果穿在青年女性身上，那肯定是一位正在读硕士的研究生。这样想着，何京京反而认为大街对面的女士应当就是那蓝心。

何京京看到大街上没有车辆，迈步跑过大街。

"您是那老师吗？"何京京擦着额头上的汗水，问道。

中年女士笑了："何京京，你怎么能够猜出我就是李笑笑的母亲呢？"

何京京窘了，说："是啊，其实你们母女长得并不相像……"

"女孩子往往随父亲……"

这时候何京京猛然发现，那蓝心是一位端庄美丽的中年女士。

"前面有一间咖啡厅，我已经预订了座位。"那蓝心说。

何京京的心情顿时松弛下来，一边走一边说："我真的嫉妒李笑笑了，她有您这样的母亲……"

"你的母亲呢？"那蓝心问。

何京京苦笑："几年前就去世啦。"

那蓝心默然。

走进咖啡厅的时候，何京京突然发问："那阿姨，李笑笑真的没事儿吧？"

那蓝心请何京京落座，然后笑着说："我是笑笑的母亲，如果她出了什么事情，我还能坐在这里跟你清谈吗？"

何京京笑了笑，心里似乎踏实了几分。

"何京京，你知道我今天为什么要跟你见面吗？因为我觉得你与李笑笑之间突然爆发的这场恋爱，缺乏感情基础。"

"那老师，这只是您的认为。当然，您有权利这样认为。作为当事人，有时我也觉得这场突然爆发的爱情不可思议，但恰恰说明这是一场不同寻常的恋爱。那老师，我与笑笑的恋爱，是一杯婚姻介绍所里永远也酿造不出的美酒！您说呢？"

那蓝心注视着情绪激昂的何京京："小伙子，你很会讲话啊。"

何京京并不示弱："那阿姨，爱，有时候是说不出道理的。我不知道怎样能够说服您，因为您是中年人嘛。"

那蓝心极其敏感："中年人怎么啦？"

"中年人应当对爱情有着更为深沉的理解。譬如说我父亲吧，他就不干涉我与笑笑的恋爱，只说了一句祝我们成功。"

那蓝心思索着："你父亲见过李笑笑吗？"

"当然没有见过面嘛。"何京京大声回答。

那蓝心思忖着，说："你喝咖啡吧何京京。"

何京京端起咖啡杯说："那阿姨，您觉得是不是双方家长应当见面谈谈呢？"

"你爸爸是做什么工作的？"

"从前是大学教师，现在是广告商人。"

1

李笑笑没有按时给何京京打电话，是因为她在家里确实受到了母亲的阻拦。面对这场突然爆发的爱情，那蓝心要求女儿三思而后行。可巧这时候崔刚打来电话，催促李笑笑立即赶到电视台，说是台里召开关于

"西藏拍片"的会议。李笑笑马上跑出家门，打的赶往电视台。

那蓝心今天没课。她凭着自己多年从事教育工作的经验，认定这场急速燃烧的爱情，必然迅速熄灭，因此她决定出面灭火，以免女儿无辜遭受失恋之苦。否则真的对不起远在西藏的李埃。

那蓝心十六岁那年就早尝失恋之苦，当然这是无人知晓的秘密，就连李埃也不知道。正是由于心中埋藏着这个秘密，她认为必须出面保护女儿，免得女儿重蹈覆辙。身为母亲，她不能容忍历史悲剧在女儿身上重演。

于是她与何京京约了时间，准备当面郑重地告诉这个小伙子，立即终止与女儿的交往。

然而事情悄悄起了变化。下午两点钟的时候那蓝心站在树荫下，隔着大街注视着站在广告牌前挨晒的何京京，心中竟然对这个小伙子产生了好感。

这是一个心地实诚的小伙子，如果不是这样的性格，他是不会中规中矩地站在广告牌子前面挨晒的。

尤其是咖啡厅里何京京的一番慷慨陈词，使得那蓝心对自己的判断产生了小小的疑问。莫非这真是一场既轰轰烈烈而又会结出硕果的跨世纪恋情？

那蓝心踌躇了。她与何京京结束了咖啡厅谈话，告诉这个小伙子："笑笑会给你打电话的，不过必须等到明天。何京京你有这种耐心吗？"

"那阿姨，我可能容易冲动，但我并不缺乏耐心。"

这小伙子的口才真好。

那蓝心回到家里，亲手给女儿包了一盘三鲜馅的饺子。身为家庭主妇她已经很久没有动手包饺子了——相当长的一段时间里李埃和李笑笑吃的都是速冻食品。此时的那蓝心感到几分内疚，充满补偿心理。

女儿从电视台回来了。

母亲当头就说："我阻拦你跟何京京联系，你心里挺恨妈妈吧？"

李笑笑点了点头："对。"

"不过，你应当知道妈妈是出于好心啊。"

"好心？可好心未必办好事啊。您一不留神就会弄出一对新时代的罗密欧与朱丽叶！"

那蓝心看出女儿心情不错："让我猜一猜你今天的行踪吧。"

女儿抢着说："别，还是让我先猜一猜您吧。今天您一定是约了何京京，并且跟他谈了话。谈话的时候，您像一个班主任，他像一个差生。对吧？"

母亲笑了，以攻为守说："你以为我猜不出你的秘密啊？你在回家路上已经给何京京打过电话，掌握了最新信息，然后跑到我面前装出十分委屈的样子。你要上演新时代的梁山伯与祝英台啊？"

李笑笑大声说："天啊，我这辈子给您这样的母亲做女儿，该有多倒霉啊！论漂亮，我比不过您；论聪明，我比不过您；论什么我都比不过您，我仅仅比您年轻，可又年轻得如此幼稚，妈妈您说面对这座难以逾越的高峰，我到底应该怎么办啊？"

那蓝心打断女儿的台词，主动切入主题："笑笑，你既然跟何京京通了电话，他一定把事情都告诉你了吧？"

"是啊，他当然都告诉我啦，说是您提出要求，要求双方家长郑重其事举行会晤……妈妈，我觉得这样做特俗。"

"俗就俗吧，你们的爱情来得实在太突然，我们当家长的必须审慎对待，不可掉以轻心啊。尤其你爸爸远在西藏工作，你是他的宝贝女儿，我可不敢失职啊！"

李笑笑看出，母亲已经悄然起了变化，不再采取强硬的态度对待这场突然爆发的恋爱。突然爆发——李笑笑喜欢这个字眼儿，她觉得这个字眼儿充满力度，特刺激。

母女俩煮饺子吃，家里充满了温馨的味道。趁着妈妈在厨房的工夫，李笑笑偷偷给何京京拨通了电话。

她轻声告诉他："亲爱的，一切正常。"

电话里何京京也轻声告诉她："我爸爸最终同意双方家长见面，尽管他觉得多此一举。"

李笑笑吻了吻话筒，说了声晚安。

那蓝心端着一杯绿茶走到女儿面前，表情十分郑重："笑笑，有一件事儿妈妈还是要叮嘱你几句……"

"我知道，你要叮嘱我，既然开始恋爱了，就要目光远大，一定要鼓励何京京好好念书，继续深造……"

那蓝心摇了摇头："何京京考不考托福，我并不看重。我只想问你一句话，你与崔刚的关系，到底能不能处理好？"

李笑笑怔了怔："妈妈，你听到什么风言风语啦？"

"这次你与崔刚随同摄制组去西藏，我想，他还会继续追求你的。可你刚刚跟何京京建立了恋爱关系……"

"妈妈您放心吧，我不是崔刚的女朋友，我们只是正常的同事关系。既然是正常关系的男女同事，我当然能够处理好这种关系啦。"

"但愿如此……"

5

第二天上班就有了消息，那蓝心被任命为第十一中学的副校长，主管教学工作。中午同事们纷纷跑来祝贺，并且希望那副校长狠抓教学工作，力争明年率领十一中学打进全市四强。

那蓝心尽管对升迁看得比较淡泊，心里还是很高兴的。毕竟教书多年，这是上级领导对自己工作成绩的肯定。

可巧，今天晚上八点钟是双方家长会晤的时间，地点在华富宫饭店的旋转酒厅。时间是那蓝心确定的，地点却是两个孩子安排的。年轻人就是好排场，五星级酒店的旋转酒厅，光那四个位子恐怕就要花不少钱呢。

虽然担任了副校长，但这个学期还是要带班的，这是那蓝心提出的要求。她一定要善始善终，送这个班的学生参加高考。

晚上回到家里，女儿已经做好晚饭。笑笑说："由于晚上八点钟两国元首会见，只能在家稍稍用些茶点了。"

那蓝心笑了，悄声告诉女儿："笑笑，我升官啦。"

"哇！到处莺歌燕舞。"李笑笑满脸阳光说。

"笑笑，妈妈当了副校长，可就更忙啦。"

"好在我早就断奶啦，您就一心一意去当副校长吧。"

"你要是在拉萨见到爸爸，别忘了把这个消息告诉他。"

"你们夫妻之间的事情我可不管。您应当亲自告诉爸爸——写信啊打长途电话什么的，都行。"

那蓝心注视着女儿，感到非常舒心。

母女俩很快就吃完了晚餐，各自回卧室换衣服去了。

李笑笑穿了一件火红的真丝连衣裙，显得朝气勃勃的。那蓝心穿着蓝色套裙走出卧室，女儿哇塞了一声。

"妈妈，您真是一派女外交家风采！"

那蓝心似乎有些伤感地说:"妈妈在你这种年龄的时候,正是中国人被西方记者称为'蓝蚂蚁'的时代。大街上的人流一派深蓝。光阴似箭啊。"

李笑笑由衷地说:"妈妈,您的这套装束如今出席社交场合绝对高雅华贵,大家风范!"

"马屁精!咱们快走吧。"

晚上八点钟,李笑笑陪着妈妈走进华富宫饭店顶十八层的旋转酒厅。

酒厅的走廊很长。李笑笑远远看见何京京,转身告诉妈妈"他们已经到了",然后沿着长廊朝着远处的何京京跑去。

何京京从远处朝着李笑笑跑来。

那蓝心微笑着,看着这一对奔跑之中的年轻恋人。

李笑笑与何京京跑到一起——紧紧拥抱着。

远处,一个身穿蓝色西装的中年男子起身鼓掌,一派绅士风度。

李笑笑拉着何京京的手,朝着那蓝心走来。

那蓝心看到女儿脸上洋溢着幸福的阳光。母亲突然热泪盈眶。

母亲的眼泪令女儿感到惊异。那蓝心连忙擦去泪水,连声说对不起。李笑笑看到母亲擦干了泪水,这才将何京京推到母亲面前。

"尽管你们已经见过面啦,我还是要郑重介绍,这是我亲爱的母亲那蓝心女士,这是我的男朋友——何京京先生,何是几何的何,京是首都北京的京。"

那蓝心情绪稳定下来,与何京京握了握手。

何京京叫了一声那阿姨。李笑笑偷偷朝着妈妈做了个鬼脸儿。

何京京引导着那蓝心朝着酒厅深处走去。

身穿蓝色西装的中年男子迎上前来，微笑着。何京京介绍着："这位是我父亲，何汝言先生。这位是李笑笑的母亲，那蓝心女士。"

那蓝心十分礼貌地伸出右手，与何汝言握手。

不知为什么，风度翩翩的何汝言目光突然凝固成一个瞬间，然后说了声谢谢那女士光临。

那蓝心不知怎样回答对方的致意。她觉得这是一次必需的会面，因此光临不需要感谢。

一排绿色灌木后面，摆着一张玻璃桌子。那蓝心惊讶地发现，这里的椅子也是玻璃制成的，给人以强烈的通体透明的感觉。

这种通体透明的感觉，对那蓝心的刺激很大。

双方家长会面其实没有什么实质内容。既然那蓝心提出了这个要求，男方家长自然不便反对。出于社交场合的礼貌，身为男士的何汝言必须尽地主之礼。

何汝言询问那蓝心喝什么饮料。那蓝心不假思索地说喝矿泉水。

两个年轻人悄悄说了一句英语，看来他们要了两种非常复杂的饮料。那蓝心注意到，何京京的父亲要了一杯英国红茶。

生意人就是这样。

于是，四个人喝着四种不同的饮料，开始聊天。

聊什么呢？虽然这次会见是那蓝心提议举行的，但她并不知道这种场合究竟应当谈论什么。她暗暗批评自己犯了形式主义的错误，目光注视着摆在桌上的热气袅袅的红茶。

有几分面熟，我以前好像在什么地方见过何汝言先生。中学同学？或者很多年前曾在什么进修班共同学习……

那蓝心其实是个心直口快的女性，这可能与她从事的职业有关。她

112

喝了一口矿泉水，问道："何先生是本地人吧？"

何汝言毫无思想准备，连忙回答："是，是本地人。"

那蓝心又问："何先生中学读的是四中吧？"

"不是，初中和高中读的都是十六中。我是老高一的。"

李笑笑小声对何京京说："班主任在查户口呢。"

那蓝心笑了笑："对不起，我还以为您读的是四中呢。"

何汝言问："您读的是四中？"

那蓝心点了点头："我读的是四中。老初二的。"

何汝言说："这么说我跟您肯定不是校友。四中在什么地方？"

李笑笑扑哧一声笑了，小声跟何京京说着什么。何京京的表情显得严肃，并没有受到李笑笑的影响。

那蓝心："您问四中在什么地方啊？这个学校已经没有了，成了一片街心绿地，还有音乐喷泉什么的。"

何汝言抬手不慎打翻了红茶，桌上的气氛变得愈发尴尬。

那蓝心立即找了一个话题："京京是个好孩子……"

何京京表情严肃地说："谢谢那阿姨。"

李笑笑脱口说道："后天我就出发去西藏拍片啦。"

第 八 章

1

晚间十点钟的时候，那蓝心走出华富宫饭店的大厅。李笑笑对母亲撒娇说："妈妈，我和京京去蹦迪啦……"

那蓝心知道女儿后天出发去西藏拍片，一去就是二十多天，说："你跟京京去吧，不过不要蹦得太晚啦。"

何京京身上具有书呆子的一面，说："那阿姨一起去吧。"

那蓝心笑了："迪厅可不是我们中年人的去处。"

何京京觉得自己的邀请确实很傻，就笑着拉起李笑笑跑走了。

那蓝心走下华富宫饭店的台阶，穿过停车场。

崔刚站在马路旁的梧桐树下，注视着李笑笑和何京京远去的身影，然后他又将目光投向停车场上。

停车场上何汝言迎面走过来："那女士……"

"哦……"那蓝心抬头看到何汝言，"何先生您还没走啊?"

何汝言似乎还没走出失手打翻红茶的尴尬阴影，表情显得不太自

114

然："那女士，如果您不介意，我可以顺路送您回家……"

那蓝心颇有几分犹豫："我不好意思占用您的时间，您真的顺路吗？"

何汝言说："我真的顺路。"然后为那蓝心拉开车门。

那蓝心坐进车里。她看出这是一辆崭新的黑色奥迪。

"新车啊。"那蓝心坐在副驾驶的位置上说。

何汝言发动汽车："您要是坐在这个位置上，请系上安全带。最近几天交警专门检查副驾驶的安全带。"

那蓝心伸手拉出安全带，束在身上。她猛然觉得自己束得太紧了——尤其是胸部。她想拉一拉安全带，又觉得动作不雅，只得被束缚着。

"您家住在哪里？"何汝言轻声问道。

那蓝心听出了破绽："您根本不知道我家住在什么地方，怎么就说是顺路呢？"

那蓝心问罢侧脸看着何汝言。

何汝言竟然腾地红了脸："哦，对不起……"

那蓝心也不明白自己为什么突然产生作弄对方的念头，于是她继续问道："何先生，您还没有回答我呢？"

何汝言减速，然后将奥迪缓缓停在路旁。

那蓝心惊讶起来："你这样停车是违章的啊。"

"尽管违章，我也必须停车，因为我无法回答您的问题……"

那蓝心愈发惊讶了——因为她听到何汝言说话的时候，声音颤抖。

那蓝心似乎明白了一点点，因此她不敢与对方对视。

"如果您非要我回答这个问题的话……"

"不。"那蓝心的目光注视着前方的路面，"您可以不回答这个问题。刚才我非要您回答这个问题，真是太不礼貌了。"

何汝言重新发动汽车："请您告诉我您家住在哪里……"

那蓝心竭力控制着自己的情绪："花苑小区十区十八号楼四幢五〇二。"

何汝言行驶起来，说："谢谢。"

奥迪行驶起来，速度很快。十五分钟的路程，双方沉默着，谁也没有说话。汽车驶进花苑小区，何汝言在那蓝心的指点下顺利地驶到十八号楼四幢门前。

那蓝心解下安全带，呼出一口气。

何汝言说："您的安全带束得太紧了。"

那蓝心的心头微微一颤，说："谢谢您送我回来。"说罢推开车门，走下车去。

何汝言也推开门下车，站在车前注视着那蓝心。

那蓝心抬起头来，朝着对方说了一声再见。

何汝言突然说："我现在能回答您的问题了……"

那蓝心低头注视着自己的鞋尖儿，说："何先生，我看这个问题您就不必回答啦。"

说着，那蓝心快步走进幢门，上楼去了。

何汝言坐进汽车里，吸了一支香烟，然后开车走了。

2

那蓝心打开单元防盗铁门，一步冲进家里。她脱下上衣扔在客厅的

116

沙发上，然后甩掉两只鞋子，大叫着跑进卧室。

她扑倒在床上，双手捂脸呜呜哭了起来。

她哭着，越哭越响，几乎达到难以自持的地步。她伸手捶打着枕头，尽情宣泄着心中莫名的积郁。

她哭了半个小时，哭声渐渐弱了。

这时候，已经临近夜间十二点钟了。

笑笑还没回来。她们这代人真是赶上了好时候啊。五光十色的时装、比萨饼和星巴克、蹦迪、卡拉 OK、二十四小时上网、夜夜狂欢、驾车旅游、终生享乐……

不想了。那蓝心从床上爬起来，换上睡衣。她哭得乏了，疲惫不堪的样子。然而痛哭一场之后心里却觉得十分清爽。她决定洗一个热水澡，就起身走进卫生间。

我为什么会放声大哭呢？其实我也没有遇到什么委屈啊。真是莫名其妙，女人就是莫名其妙。她站在卫生间里脱掉衣服，裸着身子站在镜前。不知为什么她突然窘了，不好意思看见镜中的自己，就伸手抓起浴盆上方的喷头——电视里北京人叫它花洒。

手里拿着花洒，她正要打开热水开关。电话铃叫了。李埃赴藏工作之前，有几天空闲时间，就动手在卫生间里装了一部分机，说是为了他不在家的日子里，妻子和女儿生活上便利一些。今天夜间，这部电话分机终于派上了用场。

那蓝心猜测电话是女儿打来的，告诉妈妈她要晚些时候回家。这样想着那蓝心伸手拿起话筒，喂了一声。

"那女士，我是何汝言……"

那蓝心的心儿倏地一颤，下意识地抓过一条浴巾，裹住赤裸的身

117

体。由于心情紧张，她的声音变得颤抖："哦，何先生……"

电话里一时没了声音。她喂了一声："何先生……"

电话里响起何汝言的声音："那女士，真是对不起这么晚了我还打电话打搅您……"

她把浴巾裹得更紧了："何先生您有什么事情吗？"

何汝言欲言又止："我……我想回答您的那个问题。"

"我不是说过了，您不必回答那个问题啦。"

电话里何汝言的呼吸急促起来："我必须回答那个问题，否则我一生都会感到后悔的。"

那蓝心闭上眼睛，心儿突突跳着："真有这么严重吗？我看您就不要回答啦。"

"现在我就回答您的问题。当时我真的不知道您家住在什么地方，我说顺路送您回家，当然是谎话。我为什么执意送您回家呢？是由于我产生了一种难以遏制的留恋心理。我想跟您在一起！真的。年轻人可以去蹦迪，中年人显然无法找到任何理由。因此我只能说顺路送您回家！这样我就能跟您在一起多待一会儿啦。真的，除此之外我没有别的办法……"

那蓝心倚在卫生间的墙上，静静听着。她从镜子里看到自己的身体微微颤抖着。

"那女士，您在听吗？"

"哦……我在听，何先生，我们今天的会面完全是为了孩子，您刚才说的这些话，我真的不知如何回答……"

何汝言的语气非常坚决："我并没有要求您必须做出回答。我只想对您说出我的内心想法。如果今天夜里我不说出这番话，我想我一定会悔恨终生的。那女士，晚安。"

何汝言率先挂断了电话。

那蓝心手里举着电话筒，听着里面传出的嘟嘟的断路声。她注视着镜子里的那个身裹浴巾的中年女人。

她似乎预感到什么，伸手在镜子上写了一个"？"。

然后她关闭卫生间的灯光，裸着身子站在黑暗里。"如果今天夜里我不说出这番话，我想我一定会悔恨终生的。"何汝言特意打来电话究竟是什么意思？她就这样寻思着，摸黑打开喷头，任凭热水浇在自己身上。

在黑暗里洗了很久，那蓝心终于身披睡袍从卫生间里走了出来。她一下子变得面容憔悴，仿佛大病初愈的样子，更像一个刚刚从战场上溃败下来的女兵。

"我越来越喜欢黑暗了。"她认为自己打了一场败仗。

她知道今天夜里自己必将面临难以抗拒的失眠，就走到卧室里服了两片舒乐安定，穿着睡衣睡裤来到客厅里，梳着头发坐在沙发上等待女儿归来。

内心一派空白。

女儿一夜未归。那蓝心就这样在客厅里的沙发上呆呆坐了一夜。

早晨七点钟，她经过反复思想斗争，果断地拨通何京京家的电话。

她从电话里听出是何汝言的声音，就说："何先生，这么早打搅您真不好意思，我是那蓝心……"

何汝言难以掩饰内心的欣喜："啊，听声音就是您……"他的语气里毫无睡意，看来也是一夜未眠。

"李笑笑一夜没回家，我想问一问……"

何汝言说："是啊，何京京也是一夜未归。我想这两个年轻人一定是在迪厅彻夜狂欢，您不用担心笑笑的安全……"

那蓝心说："孩子一夜未归，您难道就不担心吗？"

何汝言顿了顿说："年轻人尽情享受爱情的甜美，作为家长我们能说什么呢？"

那蓝心对何汝言的回答感到惊讶："哦，我可是一夜未眠啊。"

"我能帮您做些什么呢，那女士？"

"不不，请您不要误会。我只是给您打个电话核实一下情况，只要笑笑跟京京在一起，我就放心啦。顺便我再问一句，您家里用的是不是可视电话？"

何汝言笑了："目前我国的线路对开通可视电话的技术准备还不十分成熟，估计还要再等几年啊。"

那蓝心放心了："请问您在大学里学的是电讯专业吗？"

"不。是汉语语言文学。"

"谢谢。"那蓝心放下电话，觉得自己的心态很像一个患得患失的小姑娘。

8

何京京与李笑笑果然在迪厅里彻夜狂欢，完全忘记了时间的存在。清晨，他搂着她的肩头走出迪厅，猛然感到外面的空气竟然如此新鲜。

李笑笑望着脸色惨白的何京京："我们这一夜都处于严重的缺氧状态。"

"是啊，这种缺氧状态对我们来说是一个考验。"

何京京说："爱情一年四季都是需要考验的。爱情必须御寒耐热，抗旱抗涝抗沙尘暴，因此我觉得爱情是一种既高贵又结实的东西……"

李笑笑十分欣赏这篇爱情宣言："你说得太精辟了！"

她挽着他的胳膊，走过人行横道线。

一辆切诺基停在面前，吓得李笑笑叫了一声。

身材高大的崔刚推开车门从车里跳了下来："李笑笑！"

"崔刚……"李笑笑表情惊讶，松开挽着何京京胳膊的手，"怎么啦，崔刚出了什么事情？"

何京京目光定定注视着崔刚。李笑笑看到切诺基里坐着广告部副主任杨伟。

崔刚摆着手说："没事儿。我们开车从这里路过，偶然看到你们，就停车打个招呼呗。明天咱们就要出发去西藏了，李笑笑你都准备好了吗？"

李笑笑点了点头："准备好啦……"

崔刚钻进吉普车，疾驶而去。

何京京注视着远去的灰色切诺基。

李笑笑重新挽起何京京的胳膊，说："咱们走吧。"

横过马路之后何京京站在边道上，望着远方自言自语："看来爱情还要具有抗干扰能力。"

李笑笑说："崔刚只是从这里经过，可巧遇到了咱们。"

何京京看了看李笑笑："你真的相信是这样吗？"

李笑笑变了脸色："男子汉应当心胸宽广。"

何京京笑着说："看来爱情还要具有抗狭窄能力。现在咱们去吃早餐吧。"

"吃早餐？看来爱情还要具有抗饥饿能力！"李笑笑咯咯笑着，做小鸟登枝状。

何京京将李笑笑送到楼门前，就回去了。李笑笑上楼走进家门，看到妈妈坐在客厅的沙发里，显然是在等待她。李笑笑很会讨母亲的欢心，大声说："妈妈，你的千金小姐回来啦！"

那蓝心板着面孔说："疯！彻夜不归啊？"

"妈妈，有何京京保护我，彻夜不归也不会有什么危险啊。刚才就是何京京送我回来的。"

那蓝心按捺不住内心的想法，突然问："你看何汝言这人怎么样啊？"

李笑笑不假思索："何叔叔这人不错！挺好的一个男人。有学问，有魅力，也有见识……哎妈妈您怎么对何叔叔感兴趣啊？"

那蓝心腾地红了脸："何京京是你的男朋友。我应当对他的家庭背景有所了解啊。"

李笑笑说："何京京对他爸爸评价也很高。不过……"

"不过什么啊？"

李笑笑伸了个懒腰说："不过我觉得他们父子之间的关系挺特别的，怎么说呢？不像父子，倒像是朋友。生活里，他们平等，彼此尊重，互不干涉……有时候他们父子之间的关系也挺冷的，好像谁也不管事儿。嘻嘻……"

那蓝心听罢，若有所思的表情。

4

九河广告公司的生意突然发达起来。何汝言的桑塔纳也换成奥迪。

公司员工们发现，九河广告公司从生意低迷到经营火爆，只是一夜之间的事情。广告业的同行们得知，本届亚洲体操锦标赛的电视广告独家代理权，已经落到何汝言的手里。

何汝言不知何时已经成为神通广大的人物了。公司文秘小姐暗中观察，面对这种大好形势，风度翩跹的何汝言总经理只是高兴了三天，就变得神情恍惚了。

九河广告公司的员工们一时难以猜透其中原因。

何汝言坐在写字楼九河广告公司总经理的办公室里，望着窗外的阳光，陷入沉思。

文秘小姐叩门之后款款走进，向何总经理请示关于广告策划会议的日程安排。

何汝言若有所思的样子："我说过这个星期召开策划会议吗？"

"您说一定要在这个星期召开。同时您还指示我立即编制会议预算表……"

"噢，我看这个会议还是向后推迟几天吧。因为这几天我很忙。您看好吗？"

文秘小姐笑了笑："这种会议何总经理确定，我们具体执行。那就向后推迟几天吧。"

文秘小姐说了声打扰，走了。

何汝言起身走到窗前，望着大街上的车流，自言自语说："这些年我已经习惯于孤独的生活了，怎么一下子变成这个样子呢？"

自从见到那蓝心，何汝言的内心一下子就失去平静。这几年在生意场上奔波，什么样子的女性几乎都接触了：女歌星、女画家、女记者、女编辑、女官员、女权主义者……可从来没有人能够像那蓝心这样一步迈进何汝言的内心生活。他陷入可怕的单相思，苦苦挣扎而不能自拔。他开始怀疑自己是一个肉欲主义者，可转念又否定了这种想法。如今灯红酒绿的地方真是太多，三陪小姐如花似玉，随时随地满足肉欲主义的需求。可自己从来没有招妓的经历——这方面真是空白。造成这种空白的原因并不是他没有性欲，而是他对无爱的性欲没有多少兴趣。他认为自己是一个注重精神生活同时性功能健全的中年男人。他很难想象自己与一个素不相识的女人做爱会是什么样子。

关于那蓝心，何汝言认为她属于那种接触起来平淡无奇，然而回味无穷的女人。何汝言反问自己，你究竟为什么爱上那蓝心？他自问却难以自答。真的说不清楚。就性格而言他是一个细致而谨慎的男人，从来不说大话。遇到那蓝心之后，他不得不承认，自己的后半生不可能遇到第二个那蓝心那样让他如此心仪的女人了。

爱，真是一件没有道理的事情。何汝言在知天命之年，深深体会到中年之恋的滋味。什么是中年之恋？就是在理性之年突然变成一个毫无理性的毛头小伙儿，光天化日之下无所顾忌地追求自己内心深处难以割舍的爱人。

这真是想起来令人激动不已，做起来面临无穷困难的大工程啊。

写字台上的电话铃铃响了起来。何汝言缓缓转身，看着摆在桌上的来电话显示器：30665028。

这是那蓝心家的电话号码！他扑到写字台前，只觉得心跳骤然加快。他稳定情绪，伸手拿起听筒。

"喂……"他感觉到自己的声音正在颤抖。

电话里传来一个小鸟般的声音："何叔叔吗？我是李笑笑……"

李笑笑真是一个可爱的姑娘，开门见山说明天摄制组出发前往西藏，她要求何汝言驾车去首都机场送她，还说这样做能够大大提高她在摄制组里的地位。

"你怎么向你的同事们介绍我呢?"

李笑笑咯咯笑着:"我当然要像崔永元一样，实话实说，我说这位何老先生是我男朋友何京京的父亲! 这样可以吗何叔叔?"

何汝言突然问道:"你母亲去机场送你吗?"

"当然!"

何汝言的声音再度颤抖起来:"好吧! 明天我亲自开车送你。"

5

李笑笑是个聪明伶俐的姑娘，他要求何汝言驾车送机，主要目的是告诉崔刚，我真的已经有了男朋友，而且男朋友的父亲亲自驾车送机，这更加说明我与何京京已经确立了牢固的恋爱关系。

何京京当然能够猜透女友的心理，顿时感到欣慰。

然而，心情最为激动的是何汝言先生。他驾车送李笑笑去机场，又能见到朝思暮想的那蓝心女士了。

晚上，他将黑色奥迪开进洗车场，擦洗得一尘不染。驶出洗车场的一瞬间，他蓦然回忆起十分遥远的散发着淡淡忧伤的初恋。

他将车子停在路旁，下车徘徊着，一连吸了两支香烟。这时候他居然重新体验到初恋的滋味。

是啊，猛然觉得自己浑身充满活力，仿佛重返青春。为了保障明天的安全驾车，我必须保证今夜的睡眠质量。何汝言这样寻思着，走进家门首先找出效果十分明显的安眠药"褪黑素"，这种药的成分中富含脑白金，不但有利于睡眠而且防止衰老。

男人，真是不要衰老啊。只要不衰老，你就有许许多多事情去做。一时间，何汝言对生活充满信心。

恋爱真是一项有益身心健康并且使人朝气勃勃的室内外活动啊。

吃过晚饭，何京京告诉爸爸："明天笑笑出发，今天晚上我俩去看电影，是美国大片。我不会回来太晚的。"

何汝言微笑注视着身材高大的儿子。

何京京换上休闲服，走了。

何汝言站在阳台上吸烟。是啊，这一代人毕竟赶上了好社会，京京与笑笑应当获得甜蜜的爱情。

晚上八点钟，何汝言拿起电话，拨通那个已经烂熟于心的号码。

他听到了那蓝心沁人心脾的声音："喂。"

"您好，我是何汝言，明天笑笑出发去西藏，您也一起去机场送行吗？"

那蓝心的声音显出几分迟疑："是啊，我去机场送她……"

"哦，我想嘱咐笑笑，如果晕车或晕机，就必须带上'舟车宁'一类的药物，千万不要忘了。"

"您真是一个细心的男人。我代替笑笑感谢您吧。您还有别的事情吗？"

何汝言突然问道："您晕车吗？"

那蓝心一时语塞："我……"

何汝言耐心等待着那蓝心说话。

那蓝心终于说："我晕不晕车，这并不重要。谢谢您的关心。"

何汝言放下电话，感觉心情很好。明天毕竟是一个充满阳光的日

126

子，这对他来说真是太重要了。

他走进卧室，含服两片褪黑素，躺在床上看书。

后来，他睡着了。因为憧憬着明天，所以他睡得很香。

6

第二天清晨六点钟，何京京就被父亲的叩门声弄醒了。父亲站在儿子的卧室门外，一边叩门一边叫着京京起床。

何京京躺在床上应了一声，透过磨砂玻璃门看着父亲的身影。不知为什么他心头泛起一阵酸楚。我毕竟开始谈恋爱啦，终于懂得父亲这十年既当爹又当娘的辛劳。像父亲这样优秀的中年男人，理应拥有幸福的生活。

可惜，父亲不曾拥有。

何京京想到这里，迅速起床。走出卧室他看到父亲已经弄好了早点。儿子的心头一酸，大步走进卫生间。

父亲并没有察觉到儿子的神情，相比之下何汝言的心情极好，哼唱着一支苏联歌曲。好像是《红梅花儿开》。

早晨七点钟，何汝言驾车载着儿子，前往李笑笑家。何京京坐在后排，说："爸爸，明年我也考个驾照吧，那样就不用您开车啦。"

何汝言从镜子里看了看儿子，说："还是让爸爸开车吧。这样我会保持年轻人的心态的。"

儿子不知内情，但他认为父亲说得很有道理。

二十分钟之后，一尘不染的奥迪已经驶到李笑笑家的楼前。关于这里的地址，何汝言心中已经倒背如流了。

何汝言说："京京，我就不上去啦。"

何京京下了车，跑上楼去了。

何汝言期待着，目光紧紧盯着后视镜。他已经测出角度，首先从后视镜里就能看到那蓝心。

看来，我已经深深爱上那蓝心了，尽管我在生意场上被同行们称为著名奸商。

他牢牢盯着后视镜。整个世界仿佛完全凝固在这面镜子里了。

李笑笑蹦蹦跳跳跑了出来。年轻人就是腿快啊。

何京京拎着行李箱从楼里走了出来。

何汝言推开车门走出去，走到车尾打开后备厢，协助儿子将行李放进去。这时候李笑笑已经钻进车里，咯咯笑着。

何京京放好行李，也迅速钻进汽车里，拥着李笑笑坐在后排。

何汝言关上后备厢，走到车前。他抬头看着幢门，然后拉开车门坐在驾驶位置上。真是天意啊，他身旁的副驾驶的位子刚好留给那蓝心。

何汝言内心激动异常。

李笑笑说："何叔叔，您开车吧。"

何汝言回头看着李笑笑："你妈妈她……"

李笑笑小嘴儿一噘："我的伟大的母亲被提拔为十一中学副校长啦，明明说好今天去首都机场送我，可一早儿就变了卦，说学校有事儿，七点钟就走啦！"

何汝言听了这番话，心儿倏地一缩，呆呆坐在驾驶座位上。

李笑笑果然活泼可爱："何叔叔，您说我妈妈算不算背信弃义？哼，当了官儿连女儿都不送啦。开车吧何叔叔。"

何汝言发动汽车，然后缓缓说："笑笑，你妈妈学校里一定有什么重要的事情……"

"没有！昨天晚饭之前她还给刘校长家里打电话呢，说今天请假去首都机场送女儿。我亲耳听见的嘛。"

何汝言开着一尘不染的黑色奥迪，驶上大街。

后排座位上，何京京和李笑笑亲密地挤在一起，低声说着什么。

高速公路上铺满阳光。

何汝言不言不语驾驶着黑色奥迪，高速行驶着。

第 九 章

1

那蓝心不得不在内心承认，何汝言的出现打乱了她尘封多年的心灵生活。虽然她目前无法深入了解这位九河广告公司的总经理，但已经很难从心中抹去他的身影。何汝言的身影总在她眼前晃来晃去。

这是一个诱惑女人频频产生联想的男人。那蓝心自从认识何汝言，已经几次在内心深处做过这样的设想：倘若与何汝言在一起生活将是一个什么样子。多少年来那蓝心从来没有在内心做过类似的设想。这个世界上的男人太多了，然而那毕竟属于别人。因此那蓝心对男人世界置若罔闻，唯独在认识何汝言之后，她开始了这种内心假设。

她知道这种假设非常危险。女性的心理情绪化往往体现在假想的世界里——弄假成真已经成为女性们的杰作，并且从不后悔。

那蓝心毕竟属于知识女性，她懂得什么叫作防患于未然。经过一夜的反思，她清楚地意识到上策之上策只有一个选择，那就是彻底脱离接触。如今，新一代人讲究"青春不设防"，中年人则必须懂得"脱离

130

接触"。

我必须与何汝言先生彻底脱离接触。

于是，一大早儿她谎称学校有紧急会议，临时决定不去首都机场为女儿送行。不去机场送行，自然也就与何汝言彻底脱离接触了。

她一大早儿走出家门。昨天已经给刘校长打了电话，说今天请假，去机场为女儿送行。因此她不能到学校去了。她混入小区花园晨练的队伍里，冒充晨练的新队员。

终于，她看见那辆黑色奥迪轿车驶到楼前，心儿咚咚跳了起来，仿佛成了卑鄙的偷窥者。

她溜出晨练队伍，躲在一株粗大的槐树后面，注视着那辆黑色奥迪轿车。她看到了何汝言的身影，她甚至能够感觉到他的呼吸。她觉得自己几乎支持不住了，伸手扶住粗大的槐树。

她暗暗告诫自己，必须彻底脱离接触，否则随时随地都将面临一触即发的巨大危险。

真的一触即发。

黑色奥迪轿车终于开走了。那蓝心松了一口气，从大槐树后面走了出来。

迎面两个拎菜篮子的大妈走了过来，大声叫着那老师。她笑着应答，觉得这种休闲生活十分陌生。

她开始假设。假设自己每天上午拎着菜篮子置身于这个行列里，又会怎样呢？

不能容忍。她承认自己无法容忍这种休闲生活。我是一个女教师，不是一个女人。她这样想着，漫无目的朝前走去。

原来早晨也有服装市场。她走了进去，在挂满服装的摊位里穿行。

可能青年人拥有夜生活吧，早晨还在熟睡。早晨的服装市场里以中老年人为主，步履稳健，举止深沉，给人夕阳如火的感觉。

那蓝心走在这个市场里显得非常年轻。她本来就不老。走马观花过程中，她竟然意外相中了一件风衣，紧腰半长的款式。她站住不走了。摊主立即展开宣传攻势，极力劝她穿上试试。

六百元。她觉得有点儿贵。她告诉摊主，中老年服装不能卖得这么贵。

摊主急了，大声说："这根本就不是中老年服装，再者您也不是中老年顾客啊！你试一试吧，只要穿着合适，三百元我就卖给您！"

那蓝心动了心，接过这件风衣穿在身上走到镜前试了试，果然十分合体，人也显出了青春。

她毫不犹豫，掏出三百元买了下来。摊主对这位端庄美丽的女顾客突然迸发的购买欲望感到意外。

那蓝心大步走出服装市场。

今天不能去学校上班，因此她没了去处。手里拎着新买的衣服，站在街头心情茫然。今天我时间怎么这样富余啊。

走过一家美容院，女老板走出来迎着那蓝心说："您长得这么漂亮为什么不做一做头发啊。我有十几种发型适合您的年龄身份。我可以半价奉送。"

看了看这家美容院的门面，档次并不低。反正闲着也是闲着，她毫不犹豫走了进去。

女老板拿出十几种发式的造型图片，告诉她这个发式是某某女董事长做过的，那个发式是某某女官员做过的。她告诉女老板，自己既不是董事长也不是官员。

女老板笑了笑，十分有把握地说："我一眼就看清楚啦，您是一个大学老师。错了我不要钱！"

那蓝心笑着说："我不能让你不要钱，所以我必须承认你猜得很对。"

女老板非常高兴，亲自动手为那蓝心做活儿。

看着镜子里的自己，那蓝心觉得自己真的走进了陌生的生活，心情又苦又甜。

这时候她猛然想起西藏。还有坐在那辆黑色奥迪轿车里的女儿李笑笑。当然，还有驾驶奥迪的汽车司机何汝言先生。

人到中年，她竟然有了心思。

2

那蓝心走出美容院，仿佛换了一个人。她在大街上快步走着，几乎不愿停留。她恨不得一步迈进家里，站在镜前独自欣赏自己。

记得那是在遥远的青春时代，曾经有过这种心情。不过那时候没有好看的衣服和漂亮的发型——有的只是一份心情。

如今有了好看的衣服和漂亮的发型，却已经是中年心情了。

那蓝心走进家门，上楼的时候她唯恐遇到熟悉的邻居，那样她会感到很尴尬。换了一个崭新的发型就感到尴尬，那蓝心觉得自己挺可怜的。她走进家门径直站到镜前，审视着自己。

三分钟之后，她自言自语："很好。真的很好。"

抬头看了看墙上时钟，上午十点钟。学校里这会儿刚刚做完课间操，楼道里热闹着呢。想到这里她苦笑了。是啊，一个人若想走出固有

133

的生活，很难。一个女人若想走出固有的生活，就更难了。

尤其是像我这样的女人。我离不开学校，离不开女儿，甚至离不开课间操。我真的属于花岗岩脑袋。

我满脑子装的都是旧式的过时的东西，于是我就成了中年人。中年不是一种年龄，中年是一种心态。

那蓝心彻底放松，换上睡衣躺在卧室的床上，享受着秋日的阳光。秋日的阳光与盛夏不同，它已经悄悄爬进屋里了，但只占了床头一角，显得小心翼翼，并不急于暴露自己的野心。这就是秋日阳光的特殊心理。盛夏的阳光则不一样，很嚣张很狂放，拼命晒着人们的皮肤，将你弄得黢黑。

就这样胡思乱想着，那蓝心觉得非常放松。很久很久没有这样活着啦，她开始唱歌。

唱的当然是苏联歌曲——《喀秋莎》。

这时候电话铃响了。那蓝心感到扫兴，伸手抓起床头柜上的电话筒——里面传出一个浑厚的男声。

"喂，是那蓝心副校长家啊？"

那蓝心不知对方是谁："我是那蓝心。您是……"

"我是金仁山。自从你担任了副校长，咱们还没见过面啊。"

金仁山？那蓝心突然想起对方是谁，连忙"哦"了一声："你是教育局的金部长啊！您好，您有什么事情吗？"

金部长说没有什么事情，只想问一问担任副校长以后有没有什么困难。还说有困难找组织，这是组织部门的分内工作。

那蓝心很受感动，连声说刚刚担任副校长只有几天光景，还没有遇到什么困难。

金部长似乎谈兴很高，可又找不到具体话题，只好在电话里咿咿呀呀着。

那蓝心不知如何应对。

"我把电话打到学校，刘校长说你今天请假在家，我就把电话打到你家里，是不是打扰你啦？"

那蓝心连声说不打扰，往下又不知说什么了。

金部长也找不出什么具有规模的话题，一时词穷，就说："你什么时候到局里开会，咱们一定要聊一聊啊。"

放下电话，那蓝心副校长一时弄不明白金部长的动机，心里很纳闷。她的情绪被冲淡了，只得重新酝酿。她在屋里踱步，准备继续唱歌。她此时的心性，已经呈现青春迹象。唱什么歌儿呢？她哼起了苏联电影《办公室里的故事》的主题歌，节奏明快，充满喜剧味道。

她就这样唱着，丝毫不知疲倦。

临近中午时分，电话铃再度响起。这时那蓝心已经停止歌唱，躺在床上闭着眼睛胡思乱想。

电话铃响了四声，她伸手拿起听筒。

"喂，我是何汝言。"

那蓝心立刻翻身坐起："哦……您好。"

"我现在在首都机场。京京陪笑笑去换登机牌了，我一个人站在机场大厅外面给您打电话。我用的是手机，您听得清楚吗？"

那蓝心慌乱起来："哦，我听得清楚，您有什么事情吗？"

"我没有什么事情，笑笑很好，您不用惦念。只要到了拉萨她就会给您打电话的。我给您打这个电话没有任何目的，我只想印证我的一个判断……"

那蓝心愈发紧张："您的一个判断？"

"是啊，今天早晨您对笑笑说了谎话，其实您的学校根本就没有什么紧急会议。今天您一大早儿走出家门，完全是为了躲避我。我敢断定，我们开车走了，您也就悄悄回家了。现在看来，我的判断完全符合事实真相……"

那蓝心感到自己被对方看穿了，蓦地产生了一种强烈的裸露感。她不知如何是好，只能被动还击："何先生，您为什么要这样咄咄逼人呢？我从小就没说过谎话，我真的不知道应当如何回答您……"

何汝言似乎冷静下来："那女士，我说话可能冲击力太强，如果因此而伤害了您，我表示歉意。我知道您在躲避我，难道我真的这样使您感到厌恶吗？这令我非常苦恼。不过我非常清楚，您拥有躲避我的权利，您永远拥有这个权利……"

那蓝心突然感到内心非常痛苦，于是她大声说："何先生，我刚才已经说过了，我真的不知道应当如何回答您，真的！"

"对不起……"何汝言的声音突然消沉了，然后挂断了手机。

那蓝心放下电话，趴在床上默默流下了眼泪。

秋天的阳光，悄悄抚摸着她的肩头。

3

李笑笑的电话是子夜时分打进来的，铃声响起的时候那蓝心正躺在床上看书。人们都说母女之间存在感应，千山万水隔不断。那蓝心认定这个电话是女儿从拉萨打来的，果然就是。

女儿仍然像一只快乐的小鸟。她在电话里告诉妈妈，别人均有不同程度的高原反应，唯独她没有。拉萨真好，距离天空很近。笑笑说明天极有可能见到爸爸，目前还没能取得联系。

最后笑笑吻着话筒说："妈妈，我明天再给您打电话啊。"

笑笑真是幸福啊，她仿佛永远生活在明亮的阳光里，无忧无虑。这就是青春啊。

那蓝心开始挂念女儿，笑笑毕竟缺乏社会经验，不知能否处理好与崔刚的关系。男女同事之间其实是一种最难处理的关系。

咦，何京京送笑笑登机之后，今天下午就应当乘车返回本市。这个何京京怎么搞的，他应该给我打个电话报告平安啊。

莫非返回的路上出了什么事情？那蓝心开始挂念何京京。

其实还有那位何汝言先生。

很晚了，那蓝心仍然没有睡着。她开始生气。

既然你何汝言先生如此善解人意，那么回家之后为什么不敦促何京京给我打个电话报告平安呢？难道你认为我是铁石心肠对你们父子毫无挂念吗？这真是岂有此理。

那蓝心的情绪波动起来，拿起电话拨通何汝言家的电话。

电话响了八声，没人接。

没人接？那蓝心焦急起来，开始在房间里踱步。何氏父子在首都机场送笑笑登机，然后开车返回本市，只有两个小时的路程。难道路上出事故啦？那蓝心不敢再想，心慌意乱又拨通何汝言家电话。

还是没人接。

那蓝心真的坐不住了，她冲到阳台上，看着满天繁星，一时不知道如何是好。天啊，何家父子居然下落不明，那么我应当怎么办呢？这时候她渐渐明白了，何家父子已经走进她的内心生活，尤其是父亲何汝言。

"我必须承认,何汝言已经成为令我牵肠挂肚、坐卧不宁的人物。"她自言自语离开阳台,站在客厅里仿佛是在演独角戏。

"我每隔半小时就给何家打个电话,一直这样打下去……"

那蓝心是个说到做到的女人。她拿来一个枕头放在客厅沙发上,倚在身后,目光紧紧盯着墙上时钟。

过了半小时,她拿起电话拨通何家的号码,没有人接。

我要是知道何汝言的呼机号码就好了。

她自言自语:"那就再等半小时。总有打通电话的时候吧。"

夜间冷了,那蓝心穿上厚厚的睡衣,为了打发时光她坐在沙发上翻看着多年之前的个人日记。平时,她真的没有空闲时间来阅读那一页页记载着逝去岁月的文字。今夜居然青灯黄卷,那蓝心在日记里看到了当年的自己。

日记里记录着她曾经清澈透明的生活。日记里的那蓝心,已经令今天的那蓝心感到陌生。那时候的那蓝心一头乌发热情似火,仿佛一棵勃勃生长的小树。

那蓝心因此而激动不已。她一步步走回自己的历史,竟然忘记了给何汝言打电话。她阅读着日记,一直到了五点钟。

她从日记里走出,知道已经是清晨时分了。她急忙抄起电话拨通何汝言家的电话。

谢天谢地,电话终于有人接了。

"喂……"这是何汝言独特的男中音。

"您是何先生吗?我是那蓝心……"

何汝言似乎感到意外:"啊……这么早打电话您有什么事情啊?"

"我有什么事情？我当然有事情！"那蓝心冲动起来，说话的声调猛然提高，"你们去机场送笑笑，应当昨天下午两点钟就返回了吧？你们返回之后总该给我打个平安电话吧！何京京是我女儿的男朋友，我当然要关心他爱护他。我整整等了一夜！我以为你们在路上出了事情……"

那蓝心说着心头一阵委屈，眼角浸出泪水："何京京年轻不懂事体，可您呢？我真是莫名其妙……"

电话里沉默了。

那蓝心悄悄擦去泪水："我真是莫名其妙……"

何汝言说话了："真对不起，让您焦急了一夜。我的车子坏了，在高速公路入口的修理厂进行修理。我和京京住在汽车旅馆里，大约子夜时分我曾想给您打个电话，可是又怕您已经睡了。京京的情况很好，您不用惦念他……"

"好啦，你们父子平安无事，我就放心啦。笑笑已经安全到达拉萨，她打来电话要我代她向您转答谢意。"

"谢意？我不明白笑笑谢我什么啊？"

"感谢您开车去首都机场送她啊，因为就连她的母亲也没能做到这一点……"

"笑笑很单纯，她并不知道您在有意躲避我。"

那蓝心鼓起勇气说："您又不是老虎，我为什么要躲避您呢？"

何汝言听了这话，心头一阵激动："那么您以后就不要躲避我啦！"

4

今天是星期六，不用去学校上班。那蓝心放下电话之后心里产生了一股淡淡的失落感。是啊，从今天开始我就彻底进入了单身生活。这是真正意义的单身。以前的所谓单身生活，只是李埃出差而已，家里毕竟还有笑笑陪着。如今家里家外只有我一人，仿佛重新回到遥远的姑娘时代。那蓝心置身这种空洞的生活，蓦地感到怅然无措。

那蓝心坐在客厅里环视着这套三室两厅的居所，心头掠过一丝陌生的感觉。这种陌生感非常可怕，她恐慌起来，径直走进女儿的卧室。

这是闺房。笑笑将这间闺房布置得混乱不堪，然而通过仔细观察，又渐渐品味出混乱之中的有序。这就是笑笑的性格吗？她思忖着，感到自己对女儿的性格其实也不了解。离开女儿的闺房，那蓝心走进自己的房间。这是她与丈夫的卧室，应当是她最为熟悉的地方。然而她从卧室的角落里还是看出了几分陌生。譬如梳妆台侧面居然挂着一只橡胶手套，这是她长期没有察觉的。

我一定忽略了许许多多鲜活的生活细节，而生活恰恰是由这一连串生活细节组合起来的。从这个意义上说，我忽略了生活本身。这是非常糟糕的。那蓝心呆呆坐在床边，望着墙上挂的那幅油画。

我就连这幅油画的来历也记不清了。莫非我真的已经忘却生活？这样想着，心情渐渐变得很压抑。她在三室两厅的家里走来走去，好像动物园里一只来回漫步的动物。

桌子上放着学生们的作业，是作文。这次她布置给学生的命题作文是《看云》。这是一个非常虚化的命题，就是为了提高学生们对生活的提炼能力，从貌似虚化的生活里悟出具象意义。现在，她觉得自己也像学生们一样，面临着同样的命题。

优秀教师那蓝心是一位明智的女性，她懂得如何调节自己的情绪。既然室内生活造成压抑心理，那么就走出家门嘛。一个堂堂人民教师，走出家门之后还是大有去处的。

家访？嗯，家访。主意已定，她迅速行动起来，脸上施了淡妆，换上一套典雅而持重的衣服，优秀教师那蓝心挎起皮包走出家门。

外面阳光灿烂。

走出楼门，小区里的儿童乐园里一群孩子正在玩耍，远远望去很像一群可爱的小鸭子。那蓝心的心情渐渐开朗起来，感觉到步伐的轻盈。我还没有变成老太婆呢。

走在楼群里，她看见前面停着一辆黑色的轿车。

这是一辆黑色奥迪轿车。

那蓝心从轿车前面走过去。嘟！轿车鸣了一声笛，吓了那蓝心一跳。交通法规明文规定，市区内不准汽车鸣笛。这个司机怎么搞的，停在居民小区里就鸣笛扰民啊。

黑色奥迪的车门打开了，从驾驶室里走出戴着墨镜的何汝言。

"是您啊何先生，居民小区不准鸣笛啊……"

何汝言摘下墨镜，笑着说："我看您走路的时候陷入沉思，就故意鸣笛提醒您……"

那蓝心说："一边走路一边思考问题，这可能是教师的职业病。您把车子停在这里干什么啊？"

何汝言拉开车门："您还是坐在车里说话吧。"

那蓝心落落大方，伏身钻进车里，坐在后排位置。

何汝言边发动汽车边说："您坐在后排，我就更像车夫啦。"

那蓝心继续问道："您把车子停在这里干什么啊？"

"等您啊。"何汝言不慌不忙说。

"等我？您怎么知道我什么时候出来……"

"我当然不知道您什么时候出来，可是我相信您不会一辈子待在家里，您总会出来的。您这不是出来了吗？"

那蓝心推开车门，走出车外。何汝言叹了一口气，却看到那蓝心朝前走了两步，拉开前门，坐在副驾驶位置上。

何汝言看了看坐在身旁的那蓝心，笑了。

那蓝心说："您别得意，我坐在这里是为了让您专心驾车，以免分散注意力。"

何汝言说："是啊，您是出于自身安全的考虑。"

"您在这里等我，有什么事情吗？"

"没有什么事情。我只想见到您……"

何汝言驾车驶出楼群，开上了大街。

何汝言重复着："我真的没有什么事情，我只想见到您。"

沉默了一会儿。

那蓝心感到车速很快，就说："可是我今天有事情啊。"

何汝言又笑了："那您就不用'打的'啦！您说去哪里，我就送您去哪里。现在您去什么地方？"

那蓝心笑了："您怎么像个小孩子啊？我真是没有办法……"

何汝言停在红灯前面："两个中年人在一起，如果能够找回小孩子的感觉，那是非常了不起的啊。"

那蓝心不说话了，任凭汽车朝前疾驶。何汝言真是个与众不同的男人。他几乎到了"天命"之年，有时竟然成了个执拗的小孩子。那蓝心受到何汝言的感染，觉得今天是个好玩的日子。

何汝言沉默了一会儿，似乎是给那蓝心提供了思考的时间："这位女士您第一站去什么地方？"

那蓝心说："中山东路。"

"您能说出具体地点吗?"

那蓝心只得掏出笔记本,翻看着说:"中山东路,静园小区二十四号楼三单元五〇二……"

"请您系上安全带。"

黑色奥迪向前疾驶。

5

何汝言的突然出现,打乱了那蓝心的计划。她原本打算上午走访两位同学家长,然后自己去逛一逛本市新近落成的商业步行街。坐进这辆黑色奥迪轿车,她心中暗暗调整着计划。

既然上了贼船,那就得听贼的调遣。她没想到何汝言像个顽皮的大孩子,问她去哪里。她只得继续贯彻计划——开展家访。

中山东路,静园小区二十四号楼三单元五〇二室,是孙净净同学的家。孙净净原先学习成绩基本稳定,位居全班前八名。自从进入这个学期,孙净净的成绩开始滑坡,前几天的小考居然跌到第三十二名。那蓝心为孙净净感到惋惜。

汽车停在静园小区二十四号楼三单元门前。何汝言说到了。那蓝心的表情有些迷茫。

何汝言看了看她,说:"去吧,我等你。"

那蓝心一时不知说什么,推开车门,下车。她朝着三单元走去,回头看了看黑色奥迪。

黑色奥迪不言不语,显出极大的耐性。

那蓝心上楼去了。

找到五〇二室，她按响门铃。很快就有人开门来了，是个中年妇女。那蓝心说明了身份，中年妇女立即满脸堆笑，连声说请进。

孙净净没在家。中年妇女是孙净净的母亲。她告诉那老师，孙净净到她父亲那里去要生活费了。

那蓝心听了孙母这番话，表情疑惑："什么生活费?"

孙母哭了起来，告诉那老师孙父抛弃了她们母女，在外面找了一个年轻女人同居。那蓝心一下就明白了孙净净学习成绩滑坡的原因。她告诉孙母，孙净净在学校里挺好的，属于优秀学生。今天她只是路过这里，顺便上楼来看一看。孙母听罢非常感动，再次落泪有声。

那蓝心与孙母握手，说做女人不容易，既然遇到婚变就不能软弱，一是努力挽回；二是假若难以挽回就要自强自立，无论吃多少苦头也要把孩子抚养成人。

孙母连连点头，表达着决心。

那蓝心告辞走出孙宅。孙母执意送到楼下，那蓝心根本无法阻止这位惨遭遗弃的母亲，只得由着她送下楼来。

终于到了楼下，那蓝心再次与孙母握手，又说了几句鼓劲的话，然后走向奥迪。

孙母呆呆看着那老师钻进这辆黑色轿车。

何汝言启动汽车，疾驰而去。

那蓝心坐在后排，一言不发。何汝言也不说话，奥迪驶出静园小区，然后停在了路旁。

何汝言回头看着那蓝心："你的情绪好像很低落，怎么啦?"

那蓝心闭上双眼："对不起，我现在不愿意说话。"

何汝言转身坐在驾驶位上，静静等待着。

那蓝心突然问道："你为什么不开车啊？"

何汝言缓缓答道："您还没有告诉我去什么地方。"

那蓝心难以控制情绪："我哪儿也不去啦！"

何汝言说："回家？"

"您干吗一句接一句问我？逼供一样！我现在不愿意说话请您不要烦我啦。"

那蓝心说着，伸手去推车门。

"您不要推啦，车门我已经锁上啦。"

那蓝心火了："你为什么锁上车门？你这是干什么啊？"

"那女士您不要激动。我锁上车门是为了行车安全。如果您非要下车不可，我现在就打开车锁。不过我要告诉您……"

那蓝心见何汝言欲言又止，反而冷静下来："你要告诉我什么？"

何汝言头也不回，说："请您坐到前面来。"

那蓝心眨了眨大眼睛："你又不是老虎。"说着她推开车门走下去，然后伸手拉开前门，一屁股坐到副驾驶的位置上。

"你说吧。"那蓝心怀里紧紧抱着自己的皮包。

何汝言看了看她，说："今天咱们既然一起出来了，就好像是两个大孩子。真的今天我们不是两个中年人，我们是两个大孩子。两个大孩子在一起，做一个彼此都乐意做的游戏，双方应当是很愉快的，千金难求。所以我想告诉您，人到中年这是非常难得的机缘，请您不要轻易退出这个游戏……"

那蓝心静静听着，咬着自己的下唇，还是难以控制激动的情绪："你说得非常浪漫，是啊我们都想做一个大孩子，投入愉快的游戏。但

145

是我要问你，如果这个游戏给我带来的只是短暂的欢乐和长久的痛苦，你说我应该怎么办呢？请你告诉我，怎——么——办！"

车里一片静寂。

何汝言终于开口："是啊，其实我跟您在一起，也只是短暂的欢乐，留给自己的则是长久的痛苦。我想，这是毫无办法的事情……"

"那你为什么还要来见我？"

何汝言伸出右手，紧紧抓住那蓝心的左手："因为我爱你！"

那蓝心抽出左手，双手捂脸，抽泣起来："趁着什么事情还没有发生，我们立即结束这个孩子式的游戏！真的，请您不要来找我了，永远也不要来找我了！我求求你啦何先生……"

何汝言注视着远方："要我不来找你，这恐怕很难。因为我已经爱上你啦。"

"这个世界上，不是所有的爱都能获得结果的。您说呢何先生？况且我是有夫之妇，而且还是一个为人师表的教师，你说我应当怎么办呢？我只能退出这个既充满诱惑又非常危险的游戏。"

何汝言叹了一口气："其实你我心里都明白，这个游戏之所以危险就在于它极有可能调动起我们生命中的全部真诚，然后疯狂地投入进去。情感游戏的最大危险是真诚！可我们这种年岁的人除了真诚还有什么呢？"

那蓝心的内心焦灼不堪，自言自语："你让我怎么办呢？你让我怎么办呢？"

"今天咱们一起吃晚饭吧。"何汝言发动汽车。

那蓝心问："最后的晚餐？"

第 十 章

1

　　下午五点钟，何京京在家里接到爸爸打来的电话。何汝言告诉儿子
冰箱里有速冻水饺，饿了自己煮着吃。何京京问爸爸周末为什么不回家
吃饭。何汝言说有生意要谈。儿子当然不知道爸爸在撒谎，便在电话里
预祝九河广告公司生意兴隆财源茂盛。

　　在此之前，何京京接到了李笑笑从拉萨打来的电话。接到女友的电
话，何京京异常兴奋。李笑笑告诉男友，明天就能见到爸爸了。何京京
很为笑笑感到高兴。

　　放下电话，何京京扑到床上翻了个跟头，然后大叫了一声。

　　何京京心情很好，戴上耳机开始读英语。大约晚上八点钟的时候，
他折腾饿了，跑到厨房去煮饺子。

　　何京京的个子很高，站在厨房里，厨房就显得矮了。看来男人真的
不是厨房里的动物。

　　今天的晚餐，何京京的进食量大得惊人。他煮了一袋饺子，吃完觉

147

得不饱，起身走进厨房，又煮了一袋。他哼唱着：我的胃口就是好。

《晚间新闻》播出，何京京坐在电视机前，仔细看着。何汝言有个习惯那就是每天必看《晚间新闻》，多年以来保持着关心国家大事的习惯。这个习惯影响了儿子，但何京京很关心的是国际大事。

今晚的《晚间新闻》没有什么令人激动的消息。何京京关闭电视机时，听见电话铃响了。

他随手抄起摆在茶几上的电话："喂！"

电话筒里飘出一个男人沙哑的声音，似乎来自遥远的地方，低缓而压抑："你是何京京吗？"

"是啊，你是谁啊？"

"我是谁，对你来说并不重要，但我要告诉你的这个消息却是非常重要的，你愿意听吗？"

"你说吧。"

"何京京，你以为李笑笑爱你啊？李笑笑并不爱你。如果李笑笑真的爱你，她为什么还要跟崔刚一起前往西藏呢？李笑笑爱着崔刚，这是众所周知的事实。你去问一问吧，电视台的人们都知道……"

电话突然断了。

何京京手里举着电话筒，呆若木鸡——脑海里一派空白。

这到底是怎么回事？这个打电话的男人到底是谁？何京京一屁股坐在沙发上，心头一派迷乱。

李笑笑不爱我，她爱崔刚，她与崔刚一起去了西藏……如果这个匿名电话内容属实，那么对我来说又是一个天大的打击。我已经受过马衫衫的打击，难道这次又要遭受李笑笑的打击？

走进卧室他一头扑到床上，拉过一条毛毯蒙在头上，大声喊叫起来："谁能告诉我，这到底是怎么回事！这到底是怎么回事！"

何京京毕竟是一只年轻的小公鸡，初涉情场还显得稚嫩，突然遭遇风雨往往不知如何把握自己。

十二点钟的时候，电话机又响了。何京京从床上爬起来，十分恐怖地注视着摆在柜子上的电话机。

"难道又是那个匿名电话啊？"何京京这样想着，伸手抓起电话筒。

"京京啊？这么晚啦你睡了吗？我是笑笑啊，你听不出我的声音啊？嘻嘻……"

何京京勉强振作精神："啊，笑笑啊，我睡着啦，一时还不太清醒。你有什么事情吗？"

"我刚才给妈妈打电话，这么晚了家里怎么没人接电话呢？"

何京京说："那阿姨不在家吗？你有什么事情啊明天我可以转告她……"

李笑笑在电话里咯咯笑着："这是我们母女的秘密，不能让你知道。晚安！"

电话里的李笑笑活像一只小鸽子，说完就快乐地飞走了。

何京京坐在床前，思索着："笑笑还是爱我的，打匿名电话的那个男人一定是别有用心……"

他走出卧室来到客厅里，抬头看了看时钟："这么晚了爸爸怎么还不回来呢？我得给他发个传呼。"

何京京给爸爸发了一个传呼："您在哪里？请早些回家。"

爸爸是汉显机，可以留言的。

何京京上床，等待爸爸复机。

何汝言迟迟没有复机。何京京就睡着了。

2

　　黑色奥迪轿车缓缓驶下郊区公路，进入一条田野小路。小路的两侧，夜色将田野包藏在黑幕里，同时也包藏着无穷无尽的生命活力。何汝言左手握着方向盘，右手扳着那蓝心光润的肩膀，将她紧紧搂在自己怀里。

　　那蓝心并不躲避，却轻轻说着："汝言，汽车里我不太习惯……"

　　汽车颠簸着，何汝言打亮车灯。两侧的田野不再暧昧，前方道路也变得雪亮。那蓝心被这突然降临的光明吓坏了，一头扑在何汝言怀里，连声说好亮啊好亮啊。

　　何汝言随手熄灭车灯，黑色立即变得无声无息。夜色更浓了，黑色奥迪轿车一下便融入夜色里，成为同类。

　　黑色，就这样包容了天，包容了地，包容了万物。

　　何汝言紧紧抱起那蓝心，汽车里的天地愈发显得狭窄。他狂热地吻着她，几近贪婪。那蓝心颤抖起来，嘴唇冰凉。

　　"汝言，汽车里我不太习惯……"那蓝心有气无力地说着。

　　何汝言的野性蓦地被激发了。他侧肩撞开车门，抱着心爱的女人走出汽车，朝着黑色田野大步走去。

　　那蓝心愈发害怕，双手紧紧搂着他的脖子："汝言，我怕……"

　　"蓝心，你不要怕。这里的天，这里的地，这里的一切都是我和你的。你不要害怕，黑夜是我们的朋友，黑色从来都是我们的朋友！"

　　何汝言说着，一阵脚步声踏倒了一片庄稼，势不可当地朝前大步走去。

"汝言……"

何汝言不言不语勇往直前，竟然哗啦哗啦蹚过了一条小河。

那蓝心突然嘤嘤哭了起来。

她的哭声阻止了他的脚步。他停止前进，气喘吁吁问道："你怎么啦亲爱的？"

那蓝心抽泣着说："汝言，前面一定是地狱，你抱着我朝前走吧，咱们一块儿去下地狱！"

何汝言笑了，伏身吻了吻那蓝心的眼睛，抱着她大步朝前跑去。

夜色深处，传来了何汝言充满阳刚气质的吼叫："天是我们的天，地是我们的地！天是我们的天，地是我们的地！"

何汝言吼叫之后，传来了那蓝心略显拘谨的幸福呻吟。

天色渐渐亮了。这一片田野里的庄稼东倒西歪，好像夜间有几只黑熊从这里经过似的。

远处，走来两个人影儿。愈走愈近，清晨的小鸟儿看到这是两个头发散乱、衣形不整的野人。他与她互相搀扶着，脸上残存着几丝疯狂的表情，一派精疲力竭的样子。

小河挡路。他笑着蹲下，让她伏在他脊背上。她顺从地做了。他嘿哟一声背负着她，说了一句"猪八戒背媳妇"，哗啦哗啦蹚过了小河，朝着黑色奥迪轿车大步走来。

"你力气真大！"那蓝心闭着眼睛伏在何汝言身上，深情地说着。

这时候一只很大的喜鹊落在不远处的一株大杨树上，迎着晨曦鸣叫了一声。

何汝言走到汽车前，伸手打开车门。那蓝心顺势从他身后滑下，双脚无力站稳，身子一软坐在车旁。

何汝言抱起那蓝心，吃力地将她放进汽车后排座位。他大汗淋漓衣服湿透，很像一个刚刚撤离战场的士兵。

那蓝心连忙从皮包里取出化妆镜，一眼看见镜子里的疯女人，惊呆了，继而咯咯笑了起来。

"我真没想到，我真没想到我这辈子还会疯成这个样子！"

何汝言递来两瓶纯净水："一瓶水洗脸，一瓶水擦擦身子。"

那蓝心居然腾地红了脸，小声说："你不要偷看啊……"

何汝言站在汽车外面，抽烟。他夹着香烟的手指颤抖着，身心仍然处于难以平息的激动之中。

那蓝心坐在车里再次哭了起来："汝言，我们的故事终于在小清河这里发生啦……"

何汝言并不回头，大声说："蓝心，应该发生的就让它发生吧！"

"汝言，我们以后怎么办呀？"那蓝心继续哭着。

何汝言并不平静地说："蓝心，我们不是圣人，我们没有别的选择！我们只能让故事发生在这片田野上！"

一个农家老汉远远朝着这里走来。何汝言大步迎上前去。

那蓝心知道何汝言这是为她赢得更为充分的化妆时间，就继续打理着自己的容颜。

何汝言拦住老汉，指着那一片庄稼问："这是您的责任田吧？"

农家老汉点了点头："你怎么折腾成这个样子啊？"

何汝言拿出五百块钱递给老汉，说："我这辈子从来没有这样痛痛快快折腾，这是赔偿您的损失。对不起啦。"

何汝言回到汽车前，那蓝心已经将自己收拾停当。

何汝言笑了，说："我们摇身一变又成了文明人啦。"

何汝言坐在汽车里。

那蓝心紧紧搂住他的脖子，充满激情地吻着他。这是她第一次主动吻他。他感到极其满足。

东方变得暖洋洋的，太阳正在升起。

那蓝心似乎对这块土地充满留恋，她落下车窗玻璃，眨着一双大眼睛注视着田野中腾起的淡淡晨雾。

何汝言说："这里名叫小清河……"

那蓝心思索着说："小清河，多朴素的名字啊。"

黑色奥迪轿车经过黑夜的洗礼，朝着太阳的方向疾驶而去。

城市，坐落在太阳升起的方向。

3

清晨，何汝言掏出钥匙打开家门，轻手轻脚走进客厅。他看到京京卧室的门关闭着，知道儿子还没起床。

他换了拖鞋，十分疲惫地坐在沙发上。身旁就是饮水机，他接连喝了三大杯纯净水。

何京京披着毛巾被突然从卧室里走出："爸，您这一夜跑到什么地方去啦？我呼您也不回……"

何京京径直跑进卫生间。

何汝言镇定下来，抓紧时机拨了一个电话，很快就通了。

"是我。你好吗？哦，我很好。你要注意，感冒。一定要洗热水澡。你睡吧，好好睡一觉，今天是星期日，下午我给你打电话。"

何汝言放下电话，何京京从卫生间里走了出来。

何汝言不等儿子发问，说："有个客户挺重要的，我必须应酬，这一夜啊！京京你有什么事情吗？"

"我呼了您，没收到啊？"

何汝言怔了怔，说电池没电了。

何京京似乎要说什么，没说。

何汝言也没问。何京京穿好衣服，说今天到图书馆去看书。何汝言问儿子吃不吃早点。何京京说去楼下快餐店吃。

何京京出门的时候，突然回头对爸爸说："咱家的电话安装一台来电显示器吧，每月多交不了几块钱。"

何汝言警觉起来："这有什么特别的用处吗？"

何京京瞟了父亲一眼："这是电话局开展的一项正常业务，很多家庭都安了来电显示器。这样，不愿意接的电话就不接了。"

何京京走了。他当然不愿意告诉父亲自己安装来电显示器的目的——为了下次能够捕捉那个匿名电话。

儿子当然也不知道，安装了来电显示器将给父亲的私生活带来极大的不便。

何汝言独自在家。走进自己的书房他坐到桌前，打开电脑。他有写日记的习惯，时紧时松，日子很不连贯。

二〇〇二年九月十八日　多云

今天我必须写日记。因为今天是个令人难忘的日子，当然这个令人难忘的日子是从昨天开始的。昨天我陪 N 君家访，充当的角色是车夫。

人到中年居然还有恋爱的缘分，我感到非常幸福。在此之前我并不相信人间存在爱情。是啊，一个男人跟他心爱的女人在一起，真是莫大的享受。对此我终于有了深刻体会。爱，就是你时时想着别人，或者希望时时被别人想起。爱，使人活得非常充实，尽管你是个凡夫俗子。爱，首先是你获得精神生活的权利，尽管我们已经习惯于放弃这种权利。爱是一支深重的十字架，令你终生背负，气喘吁吁。我知道，当一个人得到了真正的爱，同时他也得到了真正的痛苦。于是，便产生了爱的逃避……

但我决不选择逃避。人到中年，富贵名利如过眼云烟，唯有爱是永恒不变的。我选择永恒不变的爱，也包括永恒不变的痛苦。

无论是苦是甜，我都感到非常充实。真的，在一个充斥虚假的时代，我敢说出我真心爱着Ｎ君，这就很值得。至于她是不是爱我，我认为这并不重要。

何汝言一气呵成，写完这篇日记，兴奋地搓着双手，心里十分痛快。存盘的时候他没有忘记加密，然后退出程序，关机。

电话铃响了。处于亢奋状态的何汝言走出书房，来到客厅里接电话。这个电话不会是那蓝心打来的，因为她此时正在睡觉。

何汝言拿起电话，喂了一声。

"何京京，昨天我打电话已经告诉你啦，你以为李笑笑爱你啊？李笑笑并不爱你。如果李笑笑真的爱你，她为什么还要跟崔刚一起前往西藏呢？李笑笑爱着崔刚，这是众所周知的事实。你去问一问吧，电视台的人都知道……"

嘟嘟嘟……电话断了。

何汝言缓缓放下电话，在客厅里踱步："看来京京遇到麻烦啦，怪不得他要安装来电显示器呢……"

他坐在沙发上，沉下面孔思索着。是的，即使安装了来电显示器也没用，打这种电话的人，肯定站在 IC 电话亭里。京京毕竟缺少人生经验，不知社会的险恶呀。

究竟应当怎样帮助京京呢？只要笑笑对京京忠贞不渝，流言蜚语渐渐就会烟消云散，如果不是这样……唉，今天的年轻人属于新新人类，情感变幻多端，心理无法预料。我不能主动向京京提起这件事情，也不能主动告诉那蓝心这件事情，那样做只能画蛇添足。我应当密切关注事态发展，不能盲目出击。

本来天气晴朗，可这个匿名电话给何汝言的心头蒙上了阴影。他快快不乐，一时没了星期天的兴趣。

京京一定承受着巨大的心理压力。他口头上说去图书馆，我看他很难集中精力攻读英语。匿名电话无疑给他带来极大的烦恼，尤其是李笑笑与崔刚此时同在拉萨，一切都可能发生或者正在发生，而这一切恰恰无法得以澄清。身为父亲我能暗暗为京京做些什么呢？沉重的责任感压得何汝言几乎喘不过气来。

何汝言知道这样继续待在家里，有损健康。他穿上西服打好领带，走出家门，开车前往写字楼。一路上他表情麻木，驾车中速行驶。身为人父的责任感冲淡了中年之恋带给他的愉悦心情。

星期天，九河广告公司没人上班。何汝言走出电梯，空空荡荡的楼道里静寂无声。这时候他想起那蓝心，然后看了看手表。现在是中午十二点十分，她应当醒来了。想起郊外的浓浓夜色，何汝言不禁恍惚起

156

来。是啊，黑夜给人留下梦境的感觉。有时你会觉得一切都没有发生。

坐在办公桌前，他猛然想起那份中途搁浅的企划书。打开抽屉，明明是两天前的事情，竟然恍若隔世。此时他想起一句名言：恋爱使人弱智。看来此言不虚啊。

该做的事情，还是必须要做的。他打开办公桌上的电脑，开始续写企划书。

一旦投入，何汝言就变成一个忘我的人。他坐在电脑前，专心致志工作起来。

不饿。他也忘记了时间。星期天的写字楼里静寂无声，何汝言不停工作着。

桌上的电话响了。何汝言不睬，一味工作着。电话机很固执，不停地叫着。

何汝言瞟了瞟来电显示器：30665028。天啊，这是那蓝心的电话。

他抄起听筒，轻轻喂了一声。

"现在已经是下午两点啦，你不但不给我打电话，还躲到写字楼里去啦。你在干什么呀？"

"对不起，我在搞一份企划书。一忙居然忘记了时间。你睡得好吗？"

"睡得很好。你从昨天到今天也是很累的，为什么不在家里休息啊。当心累垮了身体……"

何汝言说："再有半个小时，我也就弄完啦。你有什么打算吗？"

那蓝心的声调十分柔和："你先把企划书弄完吧。我去洗个澡，一小时以后你给我打电话。好吗？"

"好的。"何汝言放下电话，心里非常激动，毕竟有人总在想着你，这种感觉是真实而可信的。

1

企划书弄出来了，他给文秘小姐家里打了一个电话，告诉她磁盘在办公桌上，星期一上班就打印出来，一共三份。文秘小姐问他星期一上午来不来公司。他十分惊异地说，我当然要来公司。

文秘小姐说星期一上午有个重要的客户前来访问，能不能安排在九点钟。何汝言毫不犹豫地答应了。

他在办公室里踱步，吸着香烟。看了看时钟，已经到了约定通话的时间，然而他还是要再等一会儿。他担心那蓝心此时还在浴室里，那样她会很狼狈的，尽管不是可视电话。

善解人意。这是他留给那蓝心的最初印象。何汝言承认自己是个善解人意的男人。但他觉得自己绝不是故意向女人献殷勤。故意向女人献殷勤的男人，往往误解人意。

他认为时间已经稳妥了，就拨通了电话。那蓝心似乎是在厨房接的电话，他听到了烹炸的声音。那蓝心告诉他，她说去洗澡那是谎话。她下楼买了鱼和虾，当然都是活的，还有几样青菜。此时她正在下厨。

她在电话里大声对他说："我要请你到家里来吃饭，我要让你尝一尝我的手艺，我要让你知道世界上哪里的饭菜最好吃！"

说出一连串的排比句，那蓝心似乎变成了小姑娘。何汝言听得热血沸腾，连声叫好。

"你晚上七点钟准时到达。不许提前，也不许迟到。听懂了吗？"

"听懂啦。"

158

一种从未体验过的幸福感觉，充满了何汝言的身心。他看了看手表，然后不停在办公室里踱步，使劲吸着香烟。

猛然想起何京京。是啊，应当给他打个电话，告诉他自己在家吃晚饭。由于心情激动，他一时竟然忘记了家里的电话号码。他知道这种情况在考场上十分常见，由于紧张而忘记了最基本的乘法口诀。

天啊，我到哪里去问自家的电话号码啊。终于想起114。

"请查一下何汝言的家庭电话号码。谢谢。"

片刻，电话里传出一个录音女声："对不起，何汝言的家庭电话号码已经加密，谢绝查询。"

何汝言放下电话，苦笑了："我为什么给家里电话加密啊！这是作茧自缚。好啦好啦，我有主意啦……"

他拉开抽屉，拿出自己的名片盒。

名片上印着何汝言总经理的家庭电话号码：38121855。

一拨就通。可是没人接。看来京京还没回家。

何汝言走出办公室。他还要顺路到超市去买一瓶XO。

走进超市，穿过琳琅满目的化妆品货架，他放慢了脚步。从前他从这种区域总是匆匆而过，今天却有了不同感受。

他注视着各种不同品牌的香水、唇膏、洗面奶、护肤脂，很想送给那蓝心一套化妆品，一时不知哪个品牌最好。

他大步走到咨询台。咨询小姐笑了，说："不是哪个品牌最好，而是哪个品牌最适宜您太太使用。"

何汝言怔了怔，然后故作镇定，说："我太太四十八岁，肤色很白，而且显得比实际年龄要年轻十岁吧。身材高挑，不胖不瘦。"

咨询小姐很会说话："恭喜您啊有这么漂亮的太太，我向您介绍一种品牌吧，只是价格略贵一点。"

何汝言心中暗说，我不怕贵，虽然我不是大款。

驶到那蓝心楼下的时候，差五分钟七点。何汝言抱着东西跨出轿车，匆匆跑进楼门。

按响门铃，推门走进客厅，时钟刚好指向七点钟。那蓝心已经脱去厨娘的装束，身穿紫色丝绒紧腰长裙，盘了一种似乎是古希腊美女的发式，笑吟吟站在光线柔和的客厅里。何汝言被那蓝心的高贵与美丽所惊愕，呆呆注视着她。

那蓝心走上前来，接过他怀里抱着的东西，放在桌上。她一眼看到XO和小女子用的化妆品，突然笑了。

"你笑什么啊？"

那蓝心刮了一下他的鼻子："我笑你买东西像个土大款！"

何汝言将那蓝心搂在怀里："蓝心……"

电话突然响了。

那蓝心倚在何汝言怀里："不接，不接，今晚是二人世界，别人不得进入……"

他与她忘情地接吻。

5

晚上十点钟，他与她喝光了一瓶XO。酒的魅力使天生丽质的那蓝心愈发美丽，前中文系教师何汝言完全无法形容自己心中的偶像。

那蓝心神情恍惚，脸上挂着迷人的微笑："我们喝起酒来，更像是党的富民政策下的两个暴发户……"

何汝言极力保持着绅士风度："我真的认为你的烹饪技术国内一流。我在生意场上吃过很多饭店，味道真是大不一样……"

两个中年男女在酒精作用下，基本保持着绅士和淑女的形象，同时又享受到了自由气息与浪漫情怀。

十点半钟的时候，电话铃又响了起来。

那蓝心："不接……"

何汝言："不接？"

电话机执着异常，不停地响着。

那蓝心离开他的怀抱，自言自语："你怎么叫个不停啊？一定是笑笑吧？"

何汝言说："接吧，万一是笑笑呢。"

那蓝心走到床前，拿起电话筒，里面顿时扑出笑笑的声音："妈妈！怎么搞的，你怎么不接电话啊？"

笑笑的咯咯笑声充满了房间。

那蓝心撒谎："妈妈刚才睡着了……"

笑笑："妈妈，我现在跟爸爸在一起，你跟爸爸说话吧！"

那蓝心捂住话筒，朝着何汝言小声说："对不起，我要接个长途电话……"

何汝言起身，走出卧室。他听到那蓝心小声说："你好吗李埃？"

何汝言坐在客厅里的沙发上，一动不动。

那蓝心与李埃交谈着，声音时高时低时断时续。

是啊。我是单身男子，没有思想负担。那蓝心是有夫之妇，她要背负着沉重的心理包袱。从这个意义上讲，我们面对一个不公平的现实，我没有权利要求她为我做出什么牺牲。因为她目前已经做出了牺牲——譬

161

如深夜扪心自问，身为人妇，身为人母，她的内心将遭到严厉的道德谴责。

何汝言这样想着，觉得那蓝心更加可爱。

遥远的长途电话终于结束了。那蓝心缓缓从卧室里走出来，一下扑到何汝言怀里。

她的身子抽搐着——无声地哭泣。

他不知道说什么。此时说什么也难以安慰痛苦之中的那蓝心。他将她扶起，替她擦拭着眼泪。

他说："什么都不要想，什么都不要说。你休息吧。"

她抬起含泪的双目："你要走吗？我求你不要走，那样我会发疯的。你紧紧搂住我，我现在需要支持！你放心，到时候我会让你走的，因为京京自己在家。咱们谁也不要忘记自己身为家长的责任啊！"

何汝言突然号啕大哭起来。

"有什么办法能够拯救我们啊！"何汝言似乎发出溺水般的呼喊。

那蓝心悲悯地抚摸着他的头发："没有任何办法，咱们没有任何办法……"

子夜时分，那蓝心低声说："汝言，你走吧。"

何汝言站起身来，与她紧紧拥抱。

他与她吻别。两个人的嘴唇都是冷冰冰的。

她送他到单元门前，小声说："明天上午，我有两节语文课。"

"你辛苦啦。"他再次亲吻她，心头一阵酸楚。

"汝言，明天晚上你可要给我打电话啊。我们这种自由自在的时光，是不会很长久的。"

何汝言紧紧搂着她，舍不得放手："是啊，笑笑从西藏一回来，我们这种自由的时光也就结束啦。"

那蓝心抽泣着："这真是太可怕啦，就好像得了不治之症，等待死亡降临一样。"

他捂住她的嘴："从今往后，咱们谁也不说不吉利的话。记住了吗？"

那蓝心点了点头："好，从今往后，咱们谁也不说不吉利的话！"

何汝言大步迈出那蓝心家门。

那蓝心居然大着胆子追到楼道里，压低声音说："你到家之后一定要给我打个电话，让我放心！"

何汝言眼睛里闪烁着泪光，匆匆下楼去了。

何汝言驱车一路疾驶，冲过路口的时候也不减速。他走进家门看到京京已经睡了，心头一沉。他走进卧室，拨通那蓝心的电话。

那蓝心很激动："只要你平安到家，我就放心啦。"

何汝言说："蓝心，难道我们真的没路可走了吗？我们结婚吧，永远生活在一起！"

"你是说让我与李埃离婚？我……我觉得那样就欺负了李埃，你知道他是个老实人啊。为了女儿他跑到西藏去工作……"

何汝言说："可我们现在这样做，不是更加欺负李埃了吗？"

"是啊，我现在似乎被锯开了，左右为难。我真的痛苦死啦。"

何汝言说："不要绝望，我们总会有办法的。睡吧。"

那蓝心："你给我唱一支歌吧，听着你的歌声我才能安然入睡。"

"我唱什么呢？唱《莫斯科郊外的晚上》好吗？"

那蓝心迷醉地说："好……"

恋爱真的令人迷醉。

第十一章

1

星期一上午的两节语文课，那蓝心讲得非常吃力，尤其是下课之前忘了给学生留作业，引起满堂惊异。下课之后语文课代表走到讲台前询问那老师是不是病了。那蓝心笑了笑，抱着讲义离开教室。

自从当上副校长，她跟王副校长就合用一间办公室。学校正在修缮校舍，体育教师出身的王副校长主管后勤，整天在校园里跑来跑去，办公室里经常只有那蓝心一人。

那蓝心坐在办公桌前，显得疲惫不堪。尽管疲惫不堪她仍然珍惜这段自由时光，内心思念着何汝言。

自从二十年前嫁给李埃，那蓝心不曾体验婚外恋情的滋味，她认为那是不道德的行为。因为生得端庄美丽她也曾遇到几位追求者，由于她的守旧，只是一笑置之。那蓝心认为，生活里的爱情含量其实是很低的，所以人们向往爱情，编造出梁山伯与祝英台，还有罗密欧与朱丽叶。真正的爱情宛若稀世美玉，拥有者极为罕见。饮食男女才是天下苍生的大多数。

于是那蓝心在她的教师岗位上辛勤工作着，内心一片坦然。

然而她偏偏遇到了何汝言。他的确不同于一般男子。至于什么地方不同寻常，那蓝心也说不清楚。何汝言身上散发着一种令人难忘的吸引力，使那蓝心改变了对生活的看法。自从"小清河之夜"以后，那蓝心承认生活之中存在着爱情。爱情是什么？爱情就是一种绵绵而不断的情绪。男女双方共同沉浸在这种持久而不断的情绪之中不愿也不能自拔，就是白头偕老。同时，那蓝心对离婚者表示理解，尽管她没有离婚。

午饭时间，那蓝心毫无饥饿之感，坐在办公室里只喝了一袋奶。她心猿意马地翻看着教案，心头像长了小草儿，蓬勃而混乱。她站到窗前，瞧着操场上打篮球的学生们。

忍耐不住了，还是想给何汝言打电话。这就是中年之恋的滋味，以苦涩为主，伴有一丝淡淡的甜意。她内心承认，如果不是遇到何汝言执着而热烈的追求，她绝不会主动迈出第一步的。然而这艰难的第一步一旦迈出，人便上路难返了。

她扣上办公室的门锁，拿起电话打到何汝言家。她猜想疲惫不堪的他此时正在家里呼呼大睡。可是电话响了十几声，居然没人接。她笑了，何汝言真是个精力旺盛的男人，一定是跑到公司上班去了。

她又拨通九河广告公司何汝言办公室的电话，仍然没人接。那蓝心的心头一阵慌乱。家里与公司两头不见人，这家伙跑到哪里去啦。

那蓝心在办公室里踱步，坐立不宁。

刘校长在外面叩门："那校长，你在屋里吗？"

那蓝心连忙开门。刘校长是位五十多岁的老处女，她说："那校长，

165

下午两点钟市教育局有个紧急会议，你去参加吧。"

刘校长不苟言笑，说罢转身就走了。

那蓝心看了看手表，时间已经不多了。她关上办公室门，再次拨打何汝言的电话。她很想告诉何汝言今天下午在教育局开会。

那蓝心多年以来，无数次目睹同校刘瑛老师的丈夫只要遇到恶劣天气下班时分必然站在学校门前——撑着雨伞来接妻子回家。

那蓝心从未产生过攀比心理。她知道，刘瑛的丈夫为妻子撑雨伞的同时，也撑开了人生路上的爱情天空。面对风风雨雨，夫妻挤在一张雨伞之下朝前走去，这是多么美妙的享受啊。

李埃不属于那种含情脉脉的男人，因此他不懂一张雨伞之下的爱情天空更为广阔。

何汝言的电话还是没人接。

那蓝心乘坐公交 878 路大巴前往市教育局开会。会议室在六楼，乘坐电梯上楼时，她听到拥挤的电梯里有人喊她"那校长"。她目光穿过人丛缝隙，看到组织部金部长充满笑意的面孔。

金部长问她好。她告诉金部长自己来局里开会。六楼到了她与金部长道了再见，走出电梯。

这位金部长似乎很愿意跟我聊天。这样想着她走进六楼会议室，看到大红会标上写着"高中语文教学研讨会"。那蓝心对这种业务会议很感兴趣。她选了一个便于做记录的位置，坐下来准备开会。

会议的内容非常充实，因此会议结束时已经五点四十分了。那蓝心记录了满满一本子，收获很大。这时候她已经忘记了何汝言，完全沉浸在高中语文教学的思考之中。这种沉浸对那蓝心来说，同样不能自拔。

走出六楼会议室，她在电梯里又遇到金部长。这时候电梯里人不多，她与金部长面对面说话。

金部长热情邀请她到办公室里聊天，她谢绝了，说还要赶回家做饭。金部长的表情很是失落。她从金部长的表情里读出几分内容。

女人长得美丽真是一件麻烦的事情。

走出教育局大门，街灯已经亮了。她心情平淡朝着公交车站的方向走去。

蓝心。她听有人喊着自己的名字。

她猛然看到前面的街灯下站着一个熟悉的身影。

汝言！

他来接我啦。他真的来接我啦。有生以来终于有人来接我啦。幸福的感觉宛如电流，倏地传遍那蓝心全身。

她不由自主跑上前去。

路灯下，何汝言静静地朝她微笑。

"你在等我？"她热烈地注视着何汝言。

何汝言也热烈地注视着她："是的，我在等你。"

"你怎么知道我在教育局开会？"

何汝言指着自己左胸心脏的位置："我当然知道。"

那蓝心忘情地注视着何汝言，激动得浑身颤抖起来。

他指着停在远处的汽车。两人一起朝着停车场走去。

啊，我终于品尝到了下班时候有人接我的幸福感觉了。有人接我。作为女人这真是不可或缺的一课啊。

她钻进汽车里，仍然坐在副驾驶的位置，情绪就像个小姑娘。她伸出胳膊紧紧搂住他的脖子，呼吸急促说："汝言！你怎么知道我在教育局开会？"

何汝言轻轻吻了吻她的脸颊，然后为她系安全带："我当然知道。"

那蓝心娇声问道："你到底是怎么知道的啊？"

"我给学校打电话，你办公室没人接。我又打到校长办公室，刘校长告诉我你到市教育局开会去啦。"

"刘校长问你是谁了吗？"

"刘校长很有知识分子修养，只字不问。"

何汝言开动汽车，驶上市中心的繁华路段。天色已经黑了，街灯照耀下的大街显出几分阴柔之美。那蓝心仍然在品味着"有人接我"的幸福感，不停地问着何汝言。

"汝言你等了多久啊？"

"大约一个小时。中间我还到六楼会议室去看过……"

"汝言你看到我啦？"

"当然看到你啦。我心上的女人我一眼就能看到。你坐在那里埋头记录，我发现会场上没有第二个人像你那样认真。你是个极其认真的女人，人间少有。"

那蓝心十分幸福地说："汝言我就是这样一个女人，只要认准的事情，绝对一丝不苟，九头牛也拉不回来。"

何汝言突然发问："你认准我了吗？"

那蓝心注视着他，突然叹了一口气："认准了又能怎么样呢？"

何汝言立即变换话题："咱们到哪个饭店吃晚饭？"

那蓝心想了想，说："哪里也比不上家里啊。咱们回家去吧，我给你做饭吃。以后，在外面吃饭机会很多，在家里吃饭的机会恐怕就很少啦。你说呢？"

"我当然愿意吃你做的饭。今天中午在酒楼里应酬一个客户，鲍鱼啊龙虾啊真是没有办法。"

那蓝心忧心忡忡说:"您又把京京一个人扔在家里吃方便面啊。"

"这是没有办法的事情。孩子大了,总是要独立生活的。"

那蓝心缓缓说:"汝言,我很内疚……"

何汝言再次强调:"这真是没有办法的事情啊。"

那蓝心小声建议:"我给京京打个电话吧。至少应当问候一下……"

何汝言将汽车停在路边,目光极其严峻:"蓝心,你不是京京的母亲,你没有必要把沉重的道德枷锁戴在自己脖子上。如果我们现在就开始用道德来折磨自己,那么只有死路一条……"

那蓝心近乎哀鸣:"你我相爱了,京京就等于是我的孩子啊。"

何汝言猛地将那蓝心搂在怀里:"你真是个善良的女人啊!"

一个交通警察来到车前敲着玻璃:"违章停车,请出示驾照。"

何汝言推开车门与警察对视:"你依照交通法规,该怎么罚款就怎么罚款吧。"

交通警察嘿嘿笑着:"男人最爱在这种时候逞能……"

何汝言压抑着火气:"你少废话,我认识你们交管局的陆局长!"

2

何京京晚间独自在家。心里烦闷,他什么事情也做不了,打开电脑在 BBS 上发布了"寻找小弥"的启事,然后进入聊天室。只要进了这间聊天室,何京京就自称"老叶"。

一连问了几个人,都说不知道小弥的下落。只有自称"道士"的网友告诉他，小弥谈恋爱去了。

老叶问："你怎么知道小弥谈恋爱去啦？"

道士回答："直觉。"

老叶又问："小弥这家伙到底是男的还是女的？"

道士气哼哼说："中性。难道你不知道网上无性别吗？弱智。"

是啊，网络是一个虚拟的世界。你在网上交朋结友，面对的只是一个个面目不清的虚化的人物，像雾像云又像风。我们置身这个虚拟的世界，只能怀着游戏心理，潇洒走一回，不能认真。谁认真，网络就是谁的坟墓。

这样的道理，何京京都懂。如今他陷入情感苦闷不能自拔，需要跟网友一吐为快。网友的交流不是面对面的，因此不存在任何心理障碍。小弥就是这样的网友。可惜这家伙已失踪多日下落不明。

笑笑去西藏已经一星期了。这一星期里爸爸天天晚饭都在外面吃，总是半夜回家。那个匿名电话也是天天打来，弄得我心烦意乱，非常苦闷。遇到这种事情我跟谁去交流呢？跟认识的人往往难以沟通。只有素未谋面的网友小弥。偏偏小弥又不见踪迹。

爸爸今天晚饭又不回来，打电话告诉我有客户需要款待。爸爸的客户真是太多啦。爸爸只有客户，没有朋友。爸爸挺可怜的。

关闭电脑，何京京回到现实世界。他看了看时钟，晚上八点了。走到厨房泡了一袋方便面，电话铃响了。

何京京怒火难耐。这一定是那个匿名电话又来骚扰。他烧开水去泡方便面，不予理睬。

电话毫无休止地响着。何京京泡开方便面，电话铃不响了。

何京京坐在餐桌前开始吃面。现今的方便面，味道大不如前。他慢

170

慢吃着，目光注视着摆在柜子上的电话机。

我敢断定，今天晚上匿名电话还会打进来的。爸爸迟迟不给家里安装来电显示器，一定是不知道我的心思啊。我不能把这件事情告诉爸爸，他公司里的事情已经够他操劳的了。

何京京吃完一碗方便面，电话铃果然响了。他用纸巾擦着嘴，然后抄起电话筒。

"你是何京京吗？你到底是怎么搞的？刚才为什么不接电话啊！我现在高速公路上呢，大约一个小时就能到达……"

何京京呆呆举着电话筒："马衫衫，你现在在哪儿？"

电话里传出马衫衫特有的热烈声音："我现在在京津塘高速公路上，一个小时之后我就到你家啦！"

"马衫衫，你有没有搞错啊？你是在加利福尼亚高速公路上吧？你开什么国际玩笑啊！"

"我已经回国啦，今天傍晚在首都机场下飞机，吃了快餐就乘车上了高速公路，你听好，我一小时之后到达你家。"

何京京仍然弄不明白："马衫衫，咱们不是已经分手了吗？"

"是啊，分手之后还可以重新牵手嘛。你没看国内那部电视剧啊？"

何京京放下电话，还是摸不着头脑。马衫衫突然回国这跟空降兵有什么区别啊。真是莫名其妙。

我独自在家接待马衫衫？不行。这个现代派可不是好惹的。我必须给爸爸发个传呼，请他立即赶回家来。

门铃响了。何京京说："今天晚上这是怎么啦？接连出现不速之客啊！"

何京京前去开门。天啊，防盗门外站着浓妆艳抹的马衫衫。

171

长得圆圆乎乎的马衫衫张口就说："你以为我一小时之后到达，这叫兵不厌诈！我已经攻进你的阵地啦，缴枪不杀！"

何京京注视着马衫衫："你不是美军的伞兵空降部队吧？"

马衫衫身穿一件火红的长袍，口气很冲："快开门！老子从大洋彼岸回来啦……"

何京京开门，现代派女青年马衫衫拖着皮箱雄赳赳气昂昂走了进来，胜过当年志愿军入朝作战的气势。

马衫衫走进客厅："水！"

何京京面对马衫衫全攻全守的打法，火了："你风风火火的样子，真正的美国大兵也没有你这么嚣张！"

马衫衫笑了，压低声音问："只有你一个人在家啊？"

马衫衫不等何京京回答，扑上来搂住他的脖子："吻我！吻我！"

何京京躲闪着，不吻。马衫衫主动出击，踮起脚尖儿使劲吻着何京京。

长吻之后，马衫衫放开何京京，气喘吁吁说："哼，你这人还挺有民族气节的……"

何京京说："你发来电子邮件声明断绝关系，咱们已经分手啦！"

马衫衫坐在沙发上："两国可以断交，也可以复交嘛。何况咱们是俩大活人。我不在美国念书啦，咱们的关系自然就恢复啦。"

"你怎么又回国啦？"

马衫衫拿出小镜子，给自己补着唇膏："美国的 WM 公司聘我担任驻中国北方办事处职员，在中国给美国人打工，我当然就杀回来啦！我不想念书啦。"

然后马衫衫撒娇说："我要打工赚钱，继续跟你谈恋爱，如果越谈越爱，我干脆就嫁给你，然后给你生几个孩子。嘻嘻……"

何京京连连摇手："不行不行。我已经有女朋友啦！"

"什么？我离开你这才半年多啊，你就有了女朋友啦？你这个朝秦暮楚的家伙……"

何京京哭笑不得："明明是你抛弃了我，怎么我倒成了朝秦暮楚的人啦！你到美国留学别的没有学会，光学会不讲理啊？"

马衫衫拍手笑着："我就喜欢你这股子认真的劲头！"

何京京认真地说："我真的有了女朋友，咱们已经不可能啦。"

马衫衫怔了怔，突然哭了出来："我万里迢迢从美国跑回来，就是为了跟你在一起啊。没想到你又有了女朋友！你这个没良心的东西啊……"

电话铃响了。何京京只得走进卧室去接电话。

"京京，我是笑笑，你好吗？"

何京京心头一热："笑笑，我很好。你没有出现高原反应吧？我很惦记你的身体……"

马衫衫坐在客厅里，停止了哭声。

过了一会儿，何京京从卧室里走出来。马衫衫已经脱了红色长袍，穿着一件紧身黑色T恤。由红变黑，马衫衫一下子显得娇小了。

马衫衫试探着："京京，你老爸不在家啊？"

何京京说："多亏我老爸不在家，他要是在家啊，你根本就进不了这个家门！他对你从美国发来的电子邮件极为恼火，认为如今是个礼崩乐坏的时代，年轻人谈情说爱毫无美感可言，纯属胡闹。"

马衫衫低头想了想，说："其实你父亲并不重要，我又不是跟他谈恋爱，关键是你。"

何京京态度坚决："我已经有女朋友了，刚才就是她打来的电话。所以，我请你自重。"

马衫衫站了起来："你是一个性格内向的男孩子，这么短的时间里你不可能又有了女朋友。我不信，你必须让我见一见她。只要我见到她，我就相信了。我立即退出这场比赛。"

何京京想了想："有这个必要吗？再说我应当尊重对方，人家又不是大熊猫，说参观就参观啊。"

马衫衫笑了："这就说明你做贼心虚！你要是真有女朋友，炫耀还来不及呢，难道还怕别人参观？"

何京京："她出差了，不在本市……"

马衫衫咯咯笑了起来："京京，说谎你都不会！你根本就没有什么女朋友。哼，今天我就住在你家不走啦，同居！"

何京京急了："你怎么把美国佬的缺点全都学来啦！"

马衫衫抱着胳膊往沙发上一坐："反正我爱你，我不走！你要真的有女朋友就让我看一看。眼见为实，我立即退场，嫁给鬼佬儿！"

何京京叹了一口气："好吧，我领你去见一见我女朋友的母亲。"

马衫衫疑惑地注视着何京京："你别是调虎离山吧？"

何京京苦笑："对，你就是一只美洲虎。出口转内销的。"

马衫衫不服气："走，我倒要见一见你这个子虚乌有的丈母娘到底是个什么样子！"

8

临近十一点钟，街上的大排档生意依旧红火。何京京伸手叫了一辆出租车。马衫衫突然说饿了。何京京不睬，拉着马衫衫上了车，前往那蓝心家。

马衫衫将头靠在何京京肩头，说："刚才你拉我上车的一瞬间，我心里特激动，又想起咱们从前的那段时光……"

何京京郑重地说："马衫衫，请你不要煽情。"

晚上不塞车。出租车朝前疾驶而去。

这时候何京京猛然感到自己的冒失，应当事先给那阿姨打个电话啊。已经十一点多钟了，那阿姨可能已经休息了。

出租车驶到那蓝心家的楼前，稳稳停下。何京京付了车费，推门下来。他抬头看着那家的窗口，有灯。嗯，那阿姨还没休息呢。

何京京的表情显出几分犹豫："应当先打个电话……"

马衫衫嘻嘻笑了："既然是真的还打什么电话啊！这个丈母娘一定是假的吧？"

何京京被激怒了："我什么时候跟你说过谎话啊！走，上楼。"

何京京领着马衫衫上楼。

站在那蓝心家门前，何京京揿响了门铃。

何京京哪里知道，父亲此时正与那阿姨拥抱在客厅的沙发上，一起观看好莱坞的影碟呢。

1

这是一部非常好看的电影。英语对白，中文字幕。为什么决定要看影碟呢？何汝言是为了调整那蓝心的情绪。那蓝心的情绪突然低落，喃喃自语，说笑笑出差很快就要回来啦，我们这种自由自在的美好时光很快就要结束啦。

何汝言安慰她，说我们不要考虑太多，我们应当充分把握这段自由自在的美好时光，尽情享受着爱情的甜美和浪漫。何汝言从尘封已久的柜子里找出这部美国大片的影碟。这部影片翻译成汉语应当是《偷偷相爱着》。

何汝言告诉那蓝心，这部电影非常好看。那蓝心靠在何汝言的怀里。两人开始看电影。何汝言给她讲解着剧情。

"原来你这么懂电影啊！"那蓝心十分崇拜地说。

何汝言说："我是广告公司的总经理，哪能不懂电影啊。"

A 盘还没有看完，门铃就响了。

"这么晚了，谁呀……"那蓝心自言自语。

何汝言十分镇定："假设我们暂时双耳失聪，什么也听不见。"

门铃又响了一声。

身穿睡袍的那蓝心起身离开客厅的沙发，朝着门厅走去。

站在门里，她通过窥视镜看见了站在门外的何京京。

啊！她像一只受惊的小鸟，赤着双脚飞快跑回客厅，扑到何汝言怀里："糟糕！京京来啦……"

何汝言笑了笑："蓝心，你开什么玩笑啊。"

那蓝心的身体开始颤抖："汝言，京京是不是知道你在这里啊？"

何汝言听了这句话，知道那蓝心不是开玩笑，拢住她的肩头说："亲爱的你别慌，京京绝对不知道我在这里。"

门铃响起第三声。

那蓝心镇定下来，注视着何汝言："汝言，我发现你遇事特别镇定，我真是越来越爱你啦。你说咱们怎么办啊？"

何汝言想起了那个匿名电话，说："京京真的来啦？他可能遇到了什么急事，我躲一躲吧。"

那蓝心将何汝言送进卧室，吻了吻他，然后转身前去开门。

那蓝心开门，看到何京京身旁站着一个女孩儿。那蓝心十分意外。

"京京，这么晚了……"

何京京指着马衫衫说："这位马衫衫是我的大学同学。"

马衫衫眨着圆圆的眼睛，朝着那蓝心笑了笑。

"这位是我女朋友的母亲，那蓝心女士。"

那蓝心说："哦，请进吧，我去换一件衣服。"

何京京引着马衫衫走进客厅，坐在沙发上。那蓝心说了声对不起，快步走进卧室。

何汝言坐在卧室的梳妆台前，急声问道："情况到底怎么样？"

那蓝心将一根食指竖在唇前："嘘——京京就坐在客厅里，他领来了他的一个女同学，叫什么马衫衫。我要换一件衣服……"

何汝言说了声对不起，连忙转过身去。

那蓝心换了一件会客的衣服，然后搂住何汝言，吻着："你给我好好在卧室里待着，不许动弹！"

那蓝心走出卧室进入客厅，朝着何京京笑了笑："这么晚了，有什么急事吗？"

马衫衫打量着那蓝心："我刚刚从美国回来……"

何京京打断马衫衫的话语："那阿姨，我告诉马衫衫我有了女朋友，她不但不相信还要求给予实证，我就把她领到您家来啦。这么晚了打扰您，真不好意思。"

何京京说着转向马衫衫："喂！情况你都看到了，我们走吧。"

马衫衫站起身来："那女士，您的女儿真是何京京的女朋友吗？"

那蓝心淡淡一笑："你还有什么疑问吗马衫衫同学？"

马衫衫快快走向门厅："没有疑问啦。我一看就知道您是教师。"

何京京跟着马衫衫走出门厅："那阿姨这么晚了打扰您，我也是没有办法啊。"

那蓝心会意地点了点头。

马衫衫似乎非常失望，朝着那蓝心挥了挥手，说了声 Bye－bye。

那蓝心锁上单元门，快步扑向卧室。

冲进卧室她与何汝言紧紧拥抱在一起："汝言，这到底怎么回事啊？我的心都要跳出来啦！"

何汝言拉着那蓝心的手，走到客厅里坐在沙发上，说："我们接着看影碟吧。"

那蓝心顺从地打开影碟机，手持遥控器调整着菜单："这个马衫衫为什么要缠着京京啊？"

美国电影音乐响起。何汝言若有所思地看着明丽的电影画面。

那蓝心小声说："汝言……"

何汝言站起身来，在客厅里踱步："事情一定是这样的——马衫衫突然从美国回来了，要求与京京重叙旧情。你知道这个马衫衫是京京大学时代的女朋友吗？马衫衫提出这个要求当然遭到了京京的拒绝，京京还告诉她自己有了女朋友。马衫衫不信，于是京京就领着她来到这里。这是京京的性格。"

那蓝心："哦，怪不得马衫衫走的时候，表情十分失望呢。"

何汝言说："京京是个好孩子，笑笑也是个好孩子。"

那蓝心伏到他怀里："那咱们怎么办啊？"

第十二章

1

李笑笑将电话打到学校，告诉妈妈任务圆满完成，明天上午从拉萨飞北京，当天晚上到家。那蓝心说女儿快回来吧妈妈想死你了。

那蓝心放下电话，心头一阵隐痛。她抓起电话要把这个消息尽快告诉何汝言——我们自由自在的时光明天就要彻底结束了。

但是接电话的是何京京。何京京的耳音很好，那蓝心喂了一声，他就听出对方是谁："那阿姨啊？您好。"

那蓝心告诉何京京，笑笑明天就回来了。何京京说他已经知道了，在此之前笑笑打来了电话。

那蓝心快快放下电话，谴责自己太糊涂："明明是上班时间，应当把电话打到何汝言的办公室啊。"

打到何汝言办公室，是文秘小姐接的，说何总经理外出了。那蓝心放下电话立即给何汝言发了个传呼。

很快，何汝言复机，是手机，显得气喘吁吁的。她很惊异，问他在

179

哪里。他说有个工地正在矗立巨型广告牌，他在现场监督。

"你好辛苦啊，人在现场一定要注意安全。我想你。我告诉你，笑笑打来电话啦，明天晚上她就到家了。"

电话那头一阵沉默。

那蓝心说："汝言，你怎么啦？"

"笑笑回来，完全是一件令人高兴的事情，可我们却另有一番滋味在心头，这真是一个悖论啊……"

那蓝心说："今天，是我们最后一个自由自在的夜晚……"

"那就还在家里吃饭吧，咱们应当享受温馨的家庭气氛。你说呢蓝心？"

那蓝心同意："是啊，以后咱们恐怕只能到外面酒楼去吃饭啦。想到今后的漫漫长夜，我心里好沉重啊……"

"别哭，生活总会有阳光的。我晚上七点钟到你家，好吗？"

那蓝心放下电话，呆呆坐在办公室里。

刘校长款款走进来，叫了一声那校长。那蓝心立即站起，注视着刘校长。

刘校长说："那校长你最近一段时间显得非常疲劳，我看你就不要带班啦。"

那蓝心连连摆手，说不疲劳。刘校长递给她一张会议通知，说明天下午两点钟《语文教学》杂志有个学术会议，内容很重要。

她接过会议通知。刘校长再次叮嘱说一定要准时参加会议。

刘校长走了。她坐在办公桌前，想起何汝言心头又是一阵激动。这时候她盼望着打响下班的铃声。

她恨不能一步迈进家门。明天笑笑就回来了。今天是我与汝言的最

180

后一个自由自在的夜晚啊。

内心充满焦虑。她起身在办公室里踱步。

办公桌上的电话响了。是何京京打来的。那蓝心感到惊异，问京京有什么事情。

何京京告诉那阿姨，此时他站在学校门前的 IC 电话亭里，如果那阿姨有时间的话，他想到学校里谈一谈。

"京京，刚才我跟你通电话的时候，你好像还没有这个想法?"

何京京说放下电话之后他猛然产生了这个想法，觉得必须跟那阿姨谈一谈。

"好吧请你走进学校大门向右，进办公楼，我在二一七房间。你听清楚了吗?"

放下电话她想，京京究竟要谈什么事情呢? 不知道为什么那蓝心感到一阵心虚。

她等待着。

何京京叩门，喊了一声报告。那蓝心说了一声进来，这时候她觉得自己很像一位校长。

何京京走进来，那蓝心起身给他拉了一把椅子，说坐下谈吧。京京显出几分局促，坐下之后朝着那阿姨笑了笑。

"有什么事情吗京京?" 那蓝心给他斟了一杯开水。

"您工作很忙，我简明扼要把情况跟您说一说吧。我很爱李笑笑，这您是知道的……"

那蓝心打断何京京的话语："你是想跟我解释那天晚上马衫衫的事情吧?"

何京京摇了摇头："马衫衫的事情我觉得根本没有解释的必要。她

181

是我从前的女友，出国之后宣布跟我断交。如今突然跑回国内，说要跟我恢复外交关系。这不是儿童游戏吗？所以我觉得这件事情就不用向您解释了。"

那蓝心欣慰地点了点头："京京，你处理突发问题很有主见。"

"今天我来是想告诉您一件事情。因为明天笑笑就要回来了，我必须首先跟您沟通一下……"

"好孩子，你说吧。"

"那阿姨，我每天都要接到一个匿名电话，大约有十几天啦。电话里是个沙哑的男人声音，说的是笑笑的事情……"

那蓝心惊了："什么？说的是笑笑的事情，他说什么呀？"

何京京："电话里说，何京京你以为李笑笑爱你啊？李笑笑并不爱你。如果李笑笑真的爱你，她为什么还要跟崔刚一起前往西藏呢？李笑笑爱着崔刚，这是众所周知的事实。你去问一问吧，电视台的人们都知道……"

那蓝心霍地站起身来："这一定是个阴谋！我了解自己的女儿，她不可能玩弄这种脚踏两只船的情感游戏。我必须揪出这个匿名电话的后台主谋，洗清笑笑的不白之冤……"

何京京笑了，说："那阿姨，我也不相信这个匿名电话。今天我来不是要求你为笑笑洗清不白之冤，而是跟您通通气，日后不至于出现误会。那阿姨您不要误解我的来意。"

那蓝心注视着何京京："京京是个好孩子，我不会误解你的来意的。咱们经常通通气，这是非常必要的。我看咱们暂时不要把这个匿名电话告诉笑笑，你说呢？"

何京京点了点头："我也是这样想的。"

那蓝心很高兴，说："京京我已经下班了，咱们出去吃饭吧。"

那蓝心和何京京走出学校，外面的街灯已经亮了。前面是肯德基，那蓝心知道年轻人喜欢美国快餐，就领着何京京走了过去。

走进快餐店，她看了看手表，七点钟。猛然想起自己与何汝言的约会，心里啊了一声。她径直走到柜台前面，给京京买了份套餐，转身对他说："京京啊，那阿姨忘了还有一个约会，只好请你自己在这里用餐，那阿姨必须走啦。"

何京京看着她，说："谢谢那阿姨，那阿姨走好。"

那蓝心跑出快餐店，朝着大街上的出租车招手。一连几辆车都载着客人，那蓝心表情焦急，心里说："汝言跟我约的是七点，现在已经七点十分啦。"

一辆空车驶来。那蓝心如见救兵，伸手召唤，拉开车门钻了进去。她恨不能这辆汽车变成直升飞机。

2

出租车驶到楼前，已经七点四十分了，那蓝心慌忙下车，朝着楼上跑去。

那蓝心认为何汝言肯定已经来了。他上楼按响门铃，没人开门，自然不会站在楼道里傻等——那样必然引起同楼邻居怀疑。他一定会走下楼去，站在附近的某个地方等待着她。

那蓝心掏出钥匙打开家门，一头扎了进去。她一动不动站在门厅里呼呼喘着，很像最后冲刺终点的马拉松运动员。

这时门铃响了。她知道是何汝言上楼来了，立即转身开门。

183

果然，何汝言大步跨进门来。

她与他拥抱，气喘吁吁说："对不起，我回来晚啦！"

他与她紧紧拥抱着："我站在楼下小花园里，看见你乘出租车赶了回来。你一定很累吧？"

她说："对不起，我什么菜也没买，什么饭也没做……"

他用力将她横身抱起，走向客厅："我们可以不吃不喝，但不可以不相爱。你说是吧？"

她轻轻呻吟着。他将她放在客厅的沙发上。两人坐在黑暗里。

她轻轻说："不开灯，这种感觉更好……"

他缓缓说："是啊，就这样坐着，坐很久很久，坐得你成了老太婆，坐得我成了老爷子，那该多好啊！"

黑暗里，两人手拉着手，不言不语并排坐着。

他幻想着说："黑暗里时间好似凝固了。凝固的时间就是永恒啊。我们并排坐在凝固的时间里，渴望着渐渐融入永恒。融入永恒，我们本身就是成为永恒的故事……"

她追忆着说："汝言你是诗人啊。小时候我最爱读诗，读着读着就哭了。我是在诗的眼泪里长大的。如今诗已经升入天国，留给我的只是晶莹的泪水……"

他朗声说："好吧，就让我们在这黑暗的充满诗的魅力的永恒世界里，摆上精神餐桌吧。这是一顿充满了真善美的盛宴啊，蓝心你看见了吗？"

她喃喃说："我看见了，我看见了，我看见了……"

黑暗里，时间就这样凝固着。

门铃响了。门外传来邻里大妈收缴水电费的声音。

他和她对市俗的声音充耳不闻。

电话铃响了，他和她，似乎没有听见这刺耳的声音。

黑暗里，他与她手拉手并肩坐在一起，坐了很久很久。

子夜时分，电话铃声又响了。那蓝心缓缓站起身来，说："我听得出来，这是笑笑从西藏打来的电话。"

那蓝心走到卧室里接电话。果然是笑笑："妈妈，我们现在跟爸爸在一起呢。明天一早我就从拉萨飞回去啦。我想让您跟爸爸说几句话……"

电话里传来李埃的显得非常遥远的声音："蓝心，我非常高兴，我们能够拥有笑笑这样的女儿，我真的非常高兴。笑笑是个好孩子！我在西藏工作两年，到时候我就回去与你们团聚……"

那蓝心静静听着，然后说："是啊，李埃你一个人在西藏工作，一定要多多保重身体，身体可是最为重要的啊。"

放下电话那蓝心望着窗外的夜色，自言自语说："是啊，这是最后一个自由自在的夜晚啦。"

她回到客厅里，打开一盏壁灯。柔和的光线铺陈开来，雕出何汝言的男子汉的轮廓。

何汝言站起身来，伸出双臂说："蓝心，咱俩就在轻柔的音乐里跳舞吧。"

那蓝心听罢，幸福地闭上了眼睛："这太好啦，我们极有可能是本世纪最后一对古典主义者。"

轻柔的音乐响起了——悠远而旷达，仿佛来自遥远的天国。

柔和的灯光里，他与她热烈对视着，翩翩起舞。

就在这个夜晚，那蓝心并没有忘记嘱咐何汝言，一定要留心观察京京的情绪变化。因为他毕竟是一个涉世未深的青年人，天天受到匿名电话的骚扰，精神难免低迷。

何汝言深深感到那蓝心的爱心——她面对何京京的时候已经进入了母亲的角色。同时何汝言还深深感到忧患——随着李笑笑从西藏的归来，那蓝心的内心必将受到强烈的道德谴责。

何汝言与那蓝心平静地度过了最后一个自由自在的夜晚。他与她心里都很清楚，明天，他与她将进入另外一种生活。明天无疑是严峻的，他与她无疑将受到相思而长期难以会面的苦苦折磨——生活在同一座城市里却被一道无形的大墙分隔，跨越这道无形的大墙就意味着毁灭。

幸福的狂热之后，迎来理性的清醒。理性的痛苦折磨着他与她，满含着难言的苦难。清晨吻别的时候，他感到她的心灵正在颤抖。

他说："明天已经来临了。"

她说："一切都已经发生，一切都难以避免。"

9

清晨，何京京心头猛然涌出一个预感：从今天开始匿名电话不会出现了。为什么呢？因为今天李笑笑从西藏归来。李笑笑回家，匿名电话也就完成了任务。何京京把自己的这个预感写进日记，存在电脑里。他希望自己的这个预感能够得到验证。

爸爸清晨回来，一派疲累的样子。何京京觉得这一段时间爸爸实在是太忙了，不但忘了申请安装来电显示器，甚至常常夜不归宿。然而令何京京感到欣慰的是清晨爸爸走进家门说的第一句就是今天在家设宴给李笑笑接风洗尘。

何京京笑了，认为自己有一个善解人意的爸爸。

何汝言说笑笑在西藏很难见到海鲜，今天的晚宴一定要弄成"海鲜大战"，他给儿子下达了任务，全天外出采购，不遗余力将本市海鲜市场上的主要品种一网打尽，统统端上餐桌，让笑笑惊讶得叫一声"哇!"

何京京笑了，心中对父亲充满感激。他想告诉父亲马衫衫从美国回来了，转念一想今天是给笑笑接风洗尘的大好日子，还是明天再说吧。

吃了早饭何京京拎着兜子出去采购，说是先去海边渔村。

何汝言独自一人站在阳台上吸烟。他远远望着楼下晨练归来的老年人们，觉得生活本身存在多种可能性，你所选择的只是其中一种而已。在生活的多种可能性里，唯一不可轻言放弃的，是爱。

他给家政服务热线打了个电话，请钟点工马上前来开展清洁大扫除。在此之前，何汝言对这类事情知之甚少，中年遭遇恋爱，一下子使他走近生活，看到人间烟火。

这时候他想起那蓝心，轻声说认识你真好。

钟点工来了，是两位身体结实的大嫂。她们进门之后不言不语，立即掀起大搞家庭卫生的高潮。何汝言为她们沏了茶，她们说不是来喝茶的。于是何汝言就不知如何是好了。两个小时之后，何汝言觉得家里已经完全变了样子——他甚至认为已经达到"天翻地覆慨而慷"的诗歌境界。

这时候他猛然想起，那蓝心这是第一次到家里来。是啊，新人新貌新气象。他就是要通过这个活动告诉那蓝心——每当我们面对生活的时候不必过于悲观失望。无论面对什么样的考验，我们总会有办法的。

钟点工完成任务，结账走了。何汝言坐在客厅里环视着这套房子自言自语，这还是我家吗？

正午十二点钟，他估计那蓝心已经下课，就往学校办公室里拨了一个电话。接电话的是男声，自称姓王。何汝言猜测这就是那位整天东奔西跑的王副校长。王副校长告诉何汝言，那副校长下午《语文教学》杂志社有会，因此午饭之前离开学校，走了。

何汝言猜得出，今天是笑笑凯旋的日子，作为母亲那蓝心也是要准备一下的，譬如说上街购物什么的。

下午四点钟，何京京采购归来，进了单元门他以为走错了人家。家里怎么突然之间变得这样干净整洁啊？

何汝言笑着告诉儿子，这是欢迎全国城市卫生检查团的光临。

何京京的疯狂采购，顿时使何宅成了海鲜馆。除了海象和鲸鱼，他几乎将大海给捞干了。何京京问老爸，海鲜怎么吃。

何汝言吐出四字指示：一律白灼。

何京京对这种回归原始状态的吃法表示极大赞同。

何汝言说："你在家里留守吧，我开车去请你那阿姨。"

何京京感到几分意外："您认识那阿姨的学校啊？"

"上次双方家长会面，我们不是谈得很熟络吗？"

何汝言下楼，坐进自己的黑色奥迪，心情非常振奋。蓝心今天我去接你只有一个目的，就是让你树立生活的信心。你昨天不是说自由自在的浪漫日子已经告一段落吗？那么今天我要告诉你，只要我们继续相爱，一定能够在狭小的空间里求得生存。

他开着奥迪前往《语文教学》杂志社。在此之前他已经打听到这家杂志社的地址。

《语文教学》杂志社附近有个停车场。四点半钟何汝言驶车到达。

他停好车子走出停车场。时间还早，他站在路旁吸了一支烟，心情很好。这时一辆白色奔驰也驶进了停车场。

何汝言吸着香烟。蓝心啊你是万万也不会想到今天我来接你的。在你看来我们自由自在的浪漫时光已经结束。不会结束的。浪漫时光永远是我们创造出来的，而不是消极等待。蓝心，今天我的突然出现就是要献给你一个惊喜。

白色奔驰里走出一位衣着阔绰的女士。她拎着挎包走出停车场的时候，猛然看到了何汝言。她稍显犹豫，然后走上前来。

您是何先生吧？

何汝言看了看面前的这位中年女士，又看了看停在远处的白色奔驰，说："是啊我姓何，您认识我？"

"我姓白。"

何汝言注视着这位女财神爷，说："对不起白女士，我并不认识您啊。"

"难道你不记得我是本市信托投资公司的副总经理吗？"

何汝言摇了摇头说："对不起，我近期并不打算贷款。"

白女士觉得没趣，转身走了。

横过马路，何汝言走进《语文教学》杂志社所在的大楼，这里是市教育局的培训中心。五楼会议室里，坐满了参加《语文教学》会议的人们。何汝言站在会议室门外，伸出目光寻找着那个熟悉的身影。参加会议的人太多，一时很难找到那蓝心。

他压低声音问靠近会议室门口坐着的人，几点钟散会。对方伸出一只巴掌。何汝言心里踏实了，乘坐电梯下楼，然后站在大街对面的广告牌前吸烟。

他在认识那蓝心的这段时间里，她从未反对他吸烟。尤其有时他情绪激动坐在轿车里吸烟，她也不曾制止。他觉得那蓝心是个好女人。

看了看手表，已经五点钟了。会议果然散了。大门里涌出人流。何汝言的目光在人流里寻找着那蓝心。

没有。人流渐渐断了，陆续走了几个人，仍然不见那蓝心。何汝言焦急起来，莫非她没来参加这个会议？不会的。那蓝心对工作极其认真，这种会议她是不会不来参加的。

何汝言横过马路，焦急地朝着那座大楼的大门走去。

那蓝心若有所思的从里面走了出来。她猛然抬头，似乎被电流击中了，目光炽烈地注视着何汝言。

他与她对视着，时间倏地凝固了。

那蓝心激动得满脸绯红，朝前走了两步，说："汝言……"

何汝言朝着她静静地笑着，说："散会啦？"

那蓝心跟随着何汝言横过马路。她大胆地牵着他的手，连声说真是没有想到你来接我。

何汝言抓着她的手说："我想你应当相信，浪漫的生活是永远也不会完结的。"

那蓝心与何汝言横过马路，并肩朝着停车场走去。

刘校长走出《语文教学》杂志社大楼的大门，抬头看见那蓝心的背影。远远望着那副校长幸福的身影，老处女叹了一口气，自言自语说："怪不得学生们说那老师变了呢，原来她有了婚外恋啊。"

4

奥迪轿车里，她与他紧紧拥抱着，浑身颤抖。

"今天晚上笑笑就回来了，你怎么还敢开车来接我啊?"

何汝言亲吻着她，然后说:"我已经安排京京在家里准备酒宴，给笑笑接风。我开车前来接你，这是合理合法的事情啊。"

那蓝心热烈地注视着他:"你真会钻空子!可咱们怎么能接上笑笑呢?"

"我已经策划好啦。现在我开车送你回家，你在家里等待笑笑，好吧?"

何汝言开动汽车，驶出停车场。

奥迪行驶在大街上，那蓝心觉得天高地阔了，就肆无忌惮地大声说:"汝言，认识你真好!"

何汝言提速强行超车。那蓝心尖声叫着，充满了喜悦的夸张。

奥迪驶到那蓝心家的楼前，何汝言停住车子，说蓝心你在家里等待笑笑吧。

那蓝心抓住他的胳膊，十分激动地说:"你不要走。我现在上楼去换一套衣服，马上就下楼来。"

何汝言感到诧异:"蓝心，你不是要在家里等待笑笑吗?"

那蓝心眨着大眼睛注视着何汝言，嗔怪地说:"不。我要坐在车里，咱们一起等待笑笑回来。"

何汝言笑了，趁机吻了一下那蓝心。那蓝心下车去了。何汝言坐在车里注视着那蓝心的背影，心里非常惬意。

那蓝心是个充满魅力的女人，但没有丝毫的矫揉造作。她面对生活不卑不亢不温不火，总是保持低调，既不追求小家碧玉的市俗风采，也不攀附大家闺秀的雍容华贵。那蓝心就是那蓝心。何汝言心目之中的那蓝心是一个不可替代的女人。

那蓝心很快就下楼来了。何汝言看到她外面穿了一件风衣，很雅致的样子。她坐进车里，说这件风衣是在中老年服装市场上买的。何汝言打量着坐在副驾驶位置的那蓝心，说这件风衣根本就不是中老年的款式。

"什么款式？"那蓝心问。

何汝言说："这是今天的流行款式。人称'热恋情人'，你没看到大街上有人穿啊。"

那蓝心羞了，小声说什么热恋情人啊我已经是老太婆啦。

何汝言问她为什么不坐在家里等待笑笑。那蓝心说坐在汽车里等待女儿归来，这种感觉最好。

何汝言落下车窗玻璃，开始吸烟。

那蓝心坐在何汝言身旁，无言地注视着他。

何汝言熄灭香烟，说："蓝心，你好像并不反对我吸烟？"

那蓝心笑了："我不反对吸烟？我最怕烟雾呢！"

何汝言问："每逢我吸烟你可从不制止啊。"

那蓝心的表情流露出几分无奈："汝言，其实人到中年已经过了热恋年龄。可是上帝偏偏赐给咱们这个缘分，那就轰轰烈烈爱上一场吧。然而毕竟不是青年人了，你我都懂得在接受甜蜜爱情的同时，必须同时接受对方身上已经存在的缺点。否则，这场爱情肯定是小儿科式的。你说呢？"

何汝言听了那蓝心的话，眼睛猛地潮湿了。他深深知道只有怀着无限真情的女人才会说出这样的话语。他闭上眼睛坐在驾驶位上，唯恐难以抑制自己的激动情绪。

他注视着那蓝心，突然说："蓝心，我从明天开始戒烟。"

那蓝心十分惊喜："真的?"

"我说到做到。因为我爱你。"

一辆黄色面的驶到楼前，拉开车门李笑笑从车上跳了下来。

何汝言轻轻抓住那蓝心的手，低声说笑笑回来啦。

那蓝心猛然摆脱何汝言的怀抱，推开车门朝着黄色面的跑去。

"笑笑! 笑笑!"那蓝心一边跑着一边大声喊着。

李笑笑看见妈妈，小鸟一样扑了上来。

何汝言坐在奥迪车里，静静注视着这个场面。

黄色面的上又跳下来一个小伙子，忙着从车上往下搬运旅行箱。何汝言心里想，这小伙子如果不是面的司机，那么无疑就是崔刚了。

何汝言知道是时候了。他推门下车，朝着李笑笑走去。

李笑笑看见何汝言，蹦跳着跑了上来："何叔叔! 我谢谢您为我设宴洗尘……"

何汝言佯作不知的样子："设宴洗尘? 我怎么不知道啊?"

李笑笑咯咯笑着："我妈妈已经告诉我啦! 来，我给你们介绍一下，这位是何汝言先生，这位是崔刚先生……"

何汝言微笑着注视着崔刚，一瞬之间就将这个身材魁梧的小伙子看透了。没错，他正在采取迂回战略追求李笑笑，他将成为何京京在情场上的强劲有力的挑战者。

他与崔刚握手，说："你们在西藏工作很辛苦吧?"

崔刚憨厚地笑了笑，说："大家总算是坚持下来啦。尤其是李笑笑，非常顽强，受到大家一致好评。"

何汝言终于听清了崔刚的嗓音，心里踏实了。

卸下李笑笑的行李，崔刚告辞，乘坐黄色面的匆匆走了。

193

李笑笑目送着崔刚的汽车背影，然后小声对母亲说："妈，我想上楼换一套衣服……"

那蓝心小声说："去吧，妈妈在楼下等着你。"

"不，我要让您帮我挑一套衣服，我不知道穿什么更好。"

那蓝心跟何汝言打了个招呼，母女一起上楼去了。

何汝言坐在车里，等待着。

天色一下子黑得十分浓酽。片刻，那蓝心出了楼门快步朝着奥迪走来。

她拉开车门一屁股坐在副驾驶的位置上，伸手搂住何汝言的脖子："汝言，我爱你，我是从楼上跑下来的，我真的离不开你啦！"

何汝言极其镇定地注视着车外。这会儿没有行人。他任凭那蓝心吻着，小声提示着她："蓝心，你冷静点儿，笑笑马上就下楼啦！"

那蓝心异常冲动地说："我不怕！我什么都不怕啦！"

何汝言抓住她的手，提高声调说："蓝心，你冷静点儿好吗？笑笑正朝这儿跑来呢！"

那蓝心一下子冷静下来。她抬头看见女儿穿了一件白色长裙朝着这里跑来，飘飘欲仙的样子。

何汝言利用这最后的机会，紧紧抓着心爱的女人的手，十分热烈地说："蓝心，认识你真好！"

第十三章

1

李笑笑和妈妈肩并肩坐在奥迪轿车的后排。女儿搂着妈妈的脖子，亲密地跟妈妈贴着脸，说老妈我好想你啊。

那蓝心小声说："什么老妈？你至今都像个长不大的小孩子，我怎么会老呢？不许叫我老妈。"

李笑笑撒娇："你就是老妈！这次我在拉萨见到你的李埃同志，我叫他老爸，他的脸上高兴得绽开一朵花。"

李笑笑突然想起什么，急忙说："妈妈我总想问您，您在我这种年龄的时候，一定比我漂亮得多吧？"

那蓝心注视着女儿，说："时代不一样啦。所以说母女两代人根本是不可对比的。譬如说吧，我们青年时代的上衣几乎都是直腰的，女性的形体美从何谈起啊。"

李笑笑十分同情地说："妈妈，您这么高雅美丽的女性赶上那种时代，真是生不逢时啊。"

那蓝心压低声音说："笑笑，有件事情妈妈想听一听你的意见，你说妈妈是光去担任专职的副校长，还是咬紧牙关继续兼任高三·四班的班主任呢？"

李笑笑想了想，说："这件事情您应该征求一下爸爸的意见，通过这个机会还能交流夫妻感情，您说呢？"

"还得给西藏打长途电话啊？现在妈妈想听听你的意见。"

李笑笑梳理着长长的乌发："根据我对您性格的了解，你是一位永不言败的女性。您说呢？"

那蓝心点了点头。

女儿补充说："不过，您最近一段时间好像柔情善感起来，身上增添了一股更加浓烈的女人味道。"

那蓝心一惊："是吗？你具体说一说……"

"这只是我的感觉，既说不清楚也说不具体，您自己难道没有感觉吗？"

那蓝心慌了，连声说："我什么感觉也没有啊。"

那蓝心偷偷看了看专心驾车的何汝言，心中暗想，笑笑这丫头看问题真是一针见血啊。没错，自从坠入爱河我身上的女人味道空前浓烈起来。热恋之中的女人都是这样。不过，假若有朝一日笑笑知晓了我与汝言的婚外情，她会怎样对待我呢？

想到这里，那蓝心不禁打了一个冷战。

何汝言并不减速，伸手打开汽车音响，轻轻放出一首钢琴曲。

李笑笑朝着妈妈做了个鬼脸儿，压低声音说："人家何叔叔喜欢高雅音乐。"

然后李笑笑又提高音调大声说："何叔叔您辛苦啦。"

何汝言驾驶着汽车，不言不语。

那蓝心小声训斥着："笑笑，贫！"

奥迪轿车驶到何汝言家楼前，稳稳停住。李笑笑率先跳下车去，为妈妈拉开车门。

那蓝心稳稳当当迈步下车。李笑笑抬头看着楼上窗户："京京正忙着下厨房啊？我去西藏二十多天，他进步不小哇。"

李笑笑说着，噔噔跑向电梯间。

何汝言出了驾驶室，锁好车门，然后朝着楼门走去。

那蓝心站在楼门前，含情脉脉地等着他。

何汝言走到她面前，突然压低声说："笑笑真可爱啊！我要是有这样一个女儿，不枉此生啦。"

那蓝心连忙说："京京娶了笑笑，笑笑不就成了你的女儿啦。"

何汝言叹了一口气，说："那咱俩怎么办呢？总不能这样偷偷摸摸一辈子啊。"

那蓝心默然。

上楼的时候，那蓝心小声说："汝言，你不应当在这种时候跟我说这样的话。这样我会产生绝望心理的，你知道吗？"

何汝言已经意识到自己的失态："真对不起，我没有控制住自己的情绪……"

楼道里的延时灯灭了，何汝言趁机拉着那蓝心的手："咱们不乘电梯……"

何汝言拉着那蓝心的手，沿着楼梯朝上走去。

那蓝心声音颤抖着说："汝言，你的胆子好大啊。"

何汝言的胆子愈发大了，伸出胳膊搂着她的腰肢。他与她并肩朝着楼上走去。

那蓝心气喘吁吁说："汝言，今晚的家庭宴会对你对我来说都是一次严峻考验啊。"

何汝言不言不语紧紧伸出胳膊箍住那蓝心的腰肢，上楼。

站在何家门前，迎面扑来是海鲜的味道。何汝言与那蓝心走进家门，看到笑笑与京京紧紧拥抱着，正在客厅里旋转，就像老式电影里常见的镜头。

中年人面对青年人的亲昵场面，一时不知如何是好。还是女人有去处，转身走进厨房。何汝言跟进。那蓝心小声说："你家拾掇的真干净啊。我今天才发现你是个很会过日子的男人。"

何汝言避开这个话题，指着活跃的海蟹们说："清蒸吧。"

那蓝心不再说话，顺手拽过一只蓝花围裙系在腰上，动手操作起来。蓝花围裙系在那蓝心腰上，她的身材被映衬得更为秀美。何汝言挪开目光，不敢看。他心中暗暗告诫着自己，这是两代人共聚一堂的家庭宴会，万万不可失了体统啊。

何汝言的表情一下子严峻起来。

那蓝心操作起来，有条不紊，厨房里的各项工作顺利开展起来。

何汝言去弄酒水了。

那蓝心操作着，心里渐渐陶醉起来，陶醉在虚幻的世界里。她觉得已经与何汝言组成这个和美的家庭，自己在厨房里操作着，分明是个幸福的家庭主妇……

中年女性尤其是多年情感生活平平淡淡的中年女性，一旦心灵深处迸发出爱情火花，往往产生光芒四射的虚幻心理，不由自主进入假想的世界而难以自拔。

何汝言站在厨房门口问道："那女士，您喝什么饮料？"

那蓝心的心头一颤，蓦然回到现实生活之中。她颇为失落地望着何汝言，说："何先生，我想喝白酒……"

何汝言压低声音："蓝心，你一定要保持冷静啊！"

那蓝心的眼睛里，含着泪水："这样的家庭宴会真是太残酷啦。"

"这也是我始料不及的……"何汝言感到非常后悔。

李笑笑拥着何京京走到厨房门前，问："妈，您怎么啦？"

那蓝心笑了笑，回答说："妈妈被热气熏了眼睛……"

何京京说："那阿姨辛苦啦。"

那蓝心注视着这对青年恋人，说："那阿姨不辛苦，那阿姨看到你们，心里就高兴……"

何京京说："谢谢那阿姨……"

2

家庭宴会结束的时候，已经晚间十一点钟。李笑笑奔波了一天居然不累，要求何京京一起外出蹦迪。那蓝心当即表示反对，说天太晚了应当回家休息。李笑笑噘起小嘴儿，不说话了。

何京京显得很懂事理，他劝慰笑笑回家休息，明天陪她蹦迪。

李笑笑说："好吧，那就请何汝言叔叔送李笑笑和李笑笑的母亲回家吧。"

那蓝心小声说："这丫头……"

何汝言拿起外套："天不早啦，我送你们回去。"

那蓝心注视着杯盘狼藉的桌子，说："笑笑咱们一起动手把桌子收拾干净吧。"说着挽起袖子拾掇起来。

李笑笑不知内情，嘻嘻笑着："妈妈是个劳动模范哩。"

四个人在那蓝心的带动下，一起动手打扫战场。

那蓝心脸上挂着甜蜜的表情，此时她再次产生虚幻的感觉——这是一个幸福美满的四口之家。

这时候只有何汝言心里清楚，这是一场危机四伏的家庭聚会，他必须立即结束家宴，走回安全地带。

人多力量大。不须片刻时光餐桌就收拾干净了。那蓝心居然走进厨房，继续打扫。何汝言沉着面孔说："我家有习俗，就是请客之后不能让客人打扫餐桌，今天已经破例了，就适可而止吧。"

李笑笑伸手摘下系在妈妈纤腰上的蓝花围裙，说："妈，咱们该走啦。"

那蓝心流连忘返，抢过蓝花围裙说："这个围裙挺好的，我拿去做个纪念吧。"

这时候电话铃响了。

这里是何宅，电话当然由何汝言来接。

何汝言坐在客厅的沙发上接电话。何京京注视着父亲的表情。

何京京担心是匿名电话。此时李笑笑在场，如果真是那个声音沙哑的男人打来的电话，就糟糕了。

电话里传出男人声音："请问是何京京家吗？"

何汝言说是。

"我是李笑笑的父亲李埃，今天上午我女儿从拉萨回去啦，我很惦记。刚才给家里打电话，没人接。我知道何京京是李笑笑的男朋友，就冒昧打电话了，您是……"

何汝言这是第一次听到李埃的声音，他回答说："哦，李先生，我是何京京的父亲何汝言，笑笑此时就在我家，请您稍候。"

何汝言手持话筒，笑着朝站在窗前的李笑笑说："笑笑，你父亲的电话……"

李笑笑跑过来接电话。

那蓝心站在窗前，脸色苍白。何汝言看到那蓝心在颤抖，顿时紧张起来。他担心那蓝心支撑不住，当场失态。

李笑笑手持听筒欢声笑语，告诉爸爸她和妈妈在何京京家聚餐，还有何京京的父亲，大家非常开心。

那蓝心起身走到厨房里去了。

何京京跟到厨房："那阿姨，您不舒服吗？"

那蓝心摇了摇头："我们走吧……"

李笑笑在客厅里大声喊着："妈妈，请您和爸爸说话！"

何京京说："那阿姨，笑笑请您去接电话呢。"

那蓝心表情木然，应了一声款款走向客厅，从女儿手里接过电话，喂了一声："李埃吗？笑笑平安到家了，她很好。真对不起，我们应当主动给你打电话，免得让你挂念。哦，我很好。你一个人在西藏一定要注意身体，多多保重，我们等待你凯旋。"

那蓝心放下电话，朝女儿微笑着说："笑笑，咱们回家吧。"

何汝言驾驶汽车送那蓝心母女回家，何京京奉陪。路上，李笑笑和何京京坐在后排，低声说笑着。那蓝心坐在副驾驶的位置上，默默无语。

汽车驶到楼前，何汝言稳稳停住车子说："那女士您到家啦。"

那蓝心勉强一笑，说了声谢谢，推门下车。

母女站在车前，挥手向车里的父子告别。

返程路上，何汝言发现副驾驶位置上放着那件蓝花围裙。这是她的无意丢失还是她的有意放弃呢？何汝言一时难以判断。

"京京，我看你和笑笑很好嘛。"他说。

何京京坐在后排，说："是的。我和笑笑很好。"

他想起那个匿名电话，说："京京，假若你遇到难处需要爸爸帮助，就说。"

"谢谢爸爸。我没有遇到难处。"

何京京是真正的内向性格。

3

第二天清晨，李笑笑起床的时候发现妈妈已经走了。妈妈对上班永远充满热情，学校是她最为向往的地方。妈妈几十年如一日，屡屡被评为优秀教师，并且被提拔为副校长。

李笑笑给何京京打通电话，约好晚上蹦迪的时间，然后吃了几块饼干，匆匆下楼去了。

今天八点半钟电视台领导接见赴藏摄制组全体同志，以资鼓励。西藏专题片的后期制作也拉开帷幕。

工作量很大。

李笑笑走出楼门，迎面停着一辆切诺基。

崔刚！李笑笑感到意外："你是来接我的啊？"

崔刚坐在车里点了点头，招呼李笑笑上车。李笑笑钻进车里，说我又不是电视台领导，你怎么让我享受车接车送的待遇呢。

不擅言谈的崔刚说："你不是电视台领导，我也让你享受车接车送的待遇，你愿意吗?"

"嘻嘻……"她笑而不答。

崔刚开车驶进电视台大院，并不减速。李笑笑以为他正在参加一级方程式大赛。崔刚的勇猛精神来得实在突然，给人留下有勇无谋的印象。

切诺基驶进停车场。李笑笑从车上跳下，等待着崔刚。崔刚锁上车门。两人并肩出了停车场，朝着电视台大楼走去。

电视台广告部的副主任杨伟迎面走来，目光定定注视着李笑笑。崔刚也对杨伟的这种目光感到莫名其妙，尽管他与杨伟是铁哥儿们。

李笑笑避开杨伟的目光，认为这人有病。

杨伟看了看李笑笑，又看了看崔刚，然后突然大声说："你们这样很好嘛!"

李笑笑与崔刚面面相觑。

杨伟指着李笑笑说："小李你先走，我有话要跟崔刚说。"

李笑笑立即朝着电视台大楼快步走去。

九点钟的时候，赴藏摄制组受到电视台领导的接见。掌声响起的时候，李笑笑轻声问站在身旁的崔刚："杨伟这人神经兮兮的，他跟你说了什么啊?"

崔刚笑了笑，说："没事儿……"

中午，赴藏摄制组在食堂聚餐，祝贺平安从世界屋脊归来，同时宣布后期制作战役的打响，权作誓师。

李笑笑挨着崔刚坐着，大家都很高兴。这时候杨伟端着酒杯走了过来，指着李笑笑和崔刚说："你们这样很好嘛!"

李笑笑红了脸。满桌的同事哄堂大笑。杨伟指着大家说："你们笑什么？你们一定要支持崔刚嘛。我相信李笑笑一定会跟崔刚走到一起的，一起走在大路上！"

人们再次哄堂大笑。

李笑笑离席而去，跑出食堂小餐厅。

崔刚追了出去。一直追到小花园。李笑笑坐在石凳上，抹了一把眼泪。崔刚站在她面前，一时不知说什么好。

"崔刚，你给我解释清楚，这个杨伟到底是要干什么！"

崔刚立即说："杨伟是好心……"

李笑笑擦干眼泪："你不要以为我是傻子，这里面肯定埋藏着什么阴谋。你看杨伟阴阳怪气的样子，人贩子似的。"

崔刚只得实话实说："杨伟今天的表现我也感到非常意外。尤其是他的那种目光，真是神经兮兮的。不过杨伟对我包括对你确实帮助很大。赴藏摄制组起初是没有你的，杨伟知道我内心喜欢你，就跑到领导那里，替你说情。其实那时候杨伟并不认识你……"

李笑笑抬头看了崔刚一眼："他当然是为了你啦。"

"是啊，杨伟是广告部的副主任，说话在领导那里很有影响。正是由于他的说情，你才参加了赴藏摄制组……"

李笑笑越发生气："即使是这样，杨伟也不能在大庭广众之下，硬把我和你拉在一起啊！"

"是啊，杨伟确实太冒失了。不过，我想杨伟一定是好心。杨伟平时没有朋友，他认为我是他唯一的朋友，出于责任感就在大庭广众之下说出那种话来。"

李笑笑哭笑不得："莫名其妙，这种事情难道是凭杨伟的责任感来决定的吗？怪不得我觉得他像个人贩子呢。"

崔刚坐在石凳上，拢着李笑笑的肩膀说："笑笑，咱们回去吧，总不能把同事们全都晾在餐厅里啊。"

李笑笑挺身站起："哼！我总觉得杨伟暗中一定在搞什么阴谋。"

崔刚突然抓住李笑笑的手，说："笑笑，尽管你有了男朋友，我还是要参加竞争，我不相信自己最终会败给何京京！"

李笑笑大声说："崔刚，你不要这样无序竞争嘛！"

1

下班时分，李笑笑做完手头儿工作，感到很累。崔刚推门走了进来，朝着她笑了笑。此时办公室里只有崔刚与李笑笑，正是坦言的大好时机。

崔刚说："笑笑，下班啦。"

李笑笑拿起挎包，表情严肃地说："崔刚，你不要开车送我。我不喜欢这种方式。真的，希望你能理解我……"

崔刚想了想，说："你是不是认为男孩子向女孩子献殷勤，挺软弱的？"

李笑笑摇了摇头："女孩子往往希望男孩子爱她。可是，我不喜欢这种方式。我必须对你实话实说，我真的不喜欢这种方式。"

崔刚非常执着，询问："你喜欢什么方式呢？我一定会学会你喜欢的那种方式的。"

李笑笑拎起挎包，笑了笑说："崔刚，方式只是人的外在表现，决定方式的是人的内容。譬如，我能让你由慢吞吞的性格变成急冲冲的性

205

格吗？这一定是不可能的事情。你说呢崔刚？"

崔刚面有窘色，狠狠说："无论怎样，我一定要追求你的……"

李笑笑说了声再见，走出办公室。

站在电梯里，李笑笑感到自己伤了崔刚的自尊心，心里怀有几分歉意。如今在社会上做一个女孩子，真难啊。

走出电视台大门，一辆红色捷达朝着她开过来。起初她以为是出租车，并没在意。红色捷达开到她面前，稳稳停住。这时候李笑笑意识到这辆车与自己有关。

驾驶红色捷达的是个戴着墨镜的女孩子，一派现代人类的装束，推开车门朝着李笑笑打招呼："嘿哎！"

李笑笑绵里藏针，说："对不起，我不会讲英语。"

现代派女孩儿摘下墨镜，露出一双漂亮的眼睛："我是马衫衫，你一定听说过这个名字吧。"

李笑笑顿时明白了，笑了笑："中国大陆叫这个名字的女孩子太多啦，数以万计，我怎么会知道你是谁呢？"

马衫衫说："我是何京京女朋友。"

李笑笑摇了摇头："不，应当说你是何京京的前女朋友。何京京现在的女朋友是我。"

马衫衫指着捷达轿车说："我最担心碰上传统文化味道的女孩子，特酸。没想到你不是。来吧，咱们上车谈吧。我现在已经违章啦。"

李笑笑是个遇到大事不怵头的女孩子，很像她的母亲。她二话不说，拉开车门稳稳当当坐进捷达，一副天不怕地不怕的样子。

马衫衫驾车，驶上大街。

"去哪儿啊？"马衫衫懒洋洋问道。

李笑笑坐在后排说："随你便。不过我想问一问，出国回来的女孩子，说话都你这味儿吗？"

马衫衫咯咯笑了："何京京这家伙有眼光，你身上不光有一股甜味儿，还有一股辣味儿。特逗！"

"咱们去亚马逊咖啡厅吧？南美情调。"

李笑笑点了点头："我看没有必要跑到南美洲去，其实你只有一句话要对我说，就是绝不放弃何京京，跟我展开长久竞争。是吧？"

马衫衫回头看了看李笑笑："你看问题一针见血，而且说出了我的心里话。"

李笑笑突然说："既然如此那就竞争吧。现在你停车，我下去。咱们谁也不要浪费对方的时间。"

马衫衫找了个合适的地方，停住车子，大发感慨："上帝啊，两个聪明透顶的女孩子，为了一个傻瓜男孩子而展开长久竞争。何京京真他妈的成了绩优股啦。"

李笑笑走下红色捷达。

马衫衫朝着李笑笑大声说："女同胞，我觉得跟你相见恨晚！干脆咱俩联手找个蛇头，把何京京那家伙倒卖到北非去吧！"

马衫衫坐在车里咯咯笑着："赃款咱俩平分！"

李笑笑叫住一辆富康出租车，打的走了。

5

昨天约好了，晚上去蹦迪。李笑笑走进家门接到何京京的电话，说是晚上八点钟，他来接她。

紧接着就是妈妈走进家门。李笑笑开门的时候发现妈妈气色不好，然而那蓝心矢口否认，自己感觉不错。这愈发使得女儿认为妈妈在学校里遇到麻烦。

笑笑主动跑进厨房，做了饭。她知道妈妈是北方人，还在汤面里放了胡椒。平常笑笑是很少下厨的。她的下厨使妈妈备受感动。吃饭的时候她悄悄观察妈妈的脸色，心情似乎已经平复了许多。

吃了晚饭，何京京来了。那蓝心很喜欢京京这孩子，问他为什么不来家里吃饭。何京京说今天爸爸身体不太舒服，他下厨做饭。现在爸爸正躺在家里发汗呢。

李笑笑脱口说道："咱俩逢事怎么一模一样呢。今天我也下厨啦！真逗嘿。"

何京京站起身来跟那阿姨告辞，然后拉着李笑笑的手，十分亲密地走了。那蓝心立即显出疲惫之相，走进卧室躺在床上。

何汝言病啦？昨天分手的时候还好好的，怎么今天就病啦。她放心不下，拿起电话十分熟练地拨出 38121855 一串儿号码。

通了。响了五声，没人接。她放下电话。既然病了就应当躺在家里发汗，难道又跑出去啦？将近五十岁的人了，怎么不懂得爱护自己的身体呢？真是莫名其妙。

过了几分钟，那蓝心按捺不住自己焦虑的心情，再次拨通电话。

响了三声，就听到了何汝言的声音。

"汝言，我听说你病啦？既然病了怎么还不在家里歇着啊？刚才你跑到哪里去啦！"

何汝言连忙说："不好意思，刚才我在卫生间里呢。"

"讨厌……"

何汝言问道："你怎么可以这样自由自在打电话啊？"

"笑笑和京京走了，去蹦迪啦。汝言，你究竟哪儿不舒服？你应当到医院去看看医生。"

何汝言笑了笑："我没病。京京以为我病了，还为我做了汤面。其实我只是心情郁闷罢了……"

那蓝心表示深有同感，然后突然说："汝言，我想现在就到你家去……"

何汝言惊了："蓝心，你怎么又感情用事呢？笑笑已经从西藏回来啦，我们如果被孩子们撞见……"

那蓝心又说："如果你不让我去，那么就请你现在到我家里来，我有非常重要的事情要跟你说……"

"非常重要的事情？"

那蓝心含着眼泪说："真的。我必须当面跟你说……"

"很严重吗？"何汝言问。

"我认为非常严重。自从爱上你，我已经变成一个没有主见的小女孩儿啦。汝言今天晚上我必须见到你……"

"京京和笑笑蹦迪，恐怕要蹦到很晚吧？看吧，我现在就到你那里去，你等我吧。"

那蓝心笑了："嗯……"

那蓝心放下电话立即跑进卧室，坐在梳妆台前开始化妆。此时她深切地体会到"女为悦己者容"这句古语的含义。她必须以姣美的面容迎接何汝言的到来。

今天晚上那蓝心急于见到何汝言，是因为她在学校里遇到了麻烦。如果这种麻烦降落在别人头上，也就不为麻烦了。然而恰恰降临到热恋

209

之中的那蓝心头上，她的心理就难以承受了。

今天中午，刘校长叫她去谈话。起初刘校长的老处女式的严肃表情并未引起她的重视，刘校长提到全班二十四名同学联名上书，那蓝心的心就慌了。刘校长将"二十四同学联名上书"递给她看。读罢，她抬头看着刘校长，无话可说。

她将有二十四名同学联合签名的意见书递给刘校长，说："刘校长请您给我点儿时间让我考虑考虑，明天我会找您谈的。"

刘校长点了点头，说："我认为学生们反映的情况基本属实，因此希望你能够正确对待同学们的意见，尽快摆脱目前这种被动局面。"

班里的二十四名学生在联名写给刘校长的信里指出，最近这段时间那蓝心老师表现反常，从一个责任心极强的优秀教师变成一个课堂上经常忘词甚至不知所云的精神恍惚的人。以前那老师三天布置一篇作文，同学们的每篇作文她都有详细的批改意见，而且每周都有家庭访问。如今，那老师经常忘记布置作业，学生们交来的作业，她竟然不经批改就退了回来，令语文课代表感到莫名其妙。总之，全班同学已经无法忍受这样的语文老师，请学校领导"将原先那个认真负责和蔼可亲充满爱心的那蓝心老师还给我们高三·四班"。

刘校长在谈话结束的时候说，我们为人师表，无论教书还是做人，都必须严格要求自己，绝不能辱没教师的光荣称号。

那蓝心回到自己办公室里，大汗淋漓。我在同学们的心目之中居然变成了这个样子。莫非我将全部的爱情献给了何汝言，自己就变成另外一个人啦？

她坐在梳妆台前，注视着镜子里的疲惫不堪的中学副校长，不由得叹了一口气。是啊，恋爱使我如此憔悴。

那蓝心梳妆完毕，换了一件黑色的垂地长裙，站在阳台上眺望着心爱的男人的身影。她恨不能立即告诉何汝言，自从坠入爱河她便被他融化了，难以自拔。恋爱真是人间最为幸福的事情，同时也是人间最为巨大的付出。作为教师和母亲她处于两难境地，很是苦恼。

一辆出租车驶到楼前。一辆深绿色的轿车尾随着出租车，缓缓停在远处的树影里。

何汝言下了出租车，大步朝着楼门走去。树影投映在地上仿佛铺满了碎银。何汝言悄然上楼，径直推开那蓝心的家门，大步走了进去。

那蓝心身穿垂地的黑色长裙，不声不响扑上来投入他的怀抱，闭着眼睛轻声呻吟着。

何汝言极其理智，紧紧搂着她说："蓝心，我十点钟之前必须离开你家……"

那蓝心仰脸注视着他，说："汝言啊，我的脑子已经乱了！你说我是放弃高三·四班，去担任专职的副校长，还是咬紧牙关继续兼任班主任？"

"你自己的意见呢？"何汝言问她。

她苦笑着说："哎呀自从爱上你，我就没有主见啦。"

"是啊，我们都被爱情融化了……"

那蓝心热烈地吻着他，说："汝言我的精神真的要支撑不住啦。学生们给我写了意见书，说那老师面目全非，变成了另外一个人啦！还说我讲课的时候神情恍惚，词不达意，语意混乱，有几次甚至忘记布置作业……"说着，那蓝心浑身颤抖起来。何汝言将那蓝心横身抱起，走向卧室。

第十四章

1

"腾空"迪厅坐落在老城区，尽管如此这座城市里的新人类们还是愿意来这里"腾空"。他们认为腾空乃是人生的特殊的状态，很好。

何京京和李笑笑来到"腾空"迪厅门前，马衫衫的红色捷达已经停在这里等候。

何京京蹦迪的兴致锐减，他指着红色捷达问李笑笑："你说马衫衫的突然出现会不会影响你我之间的关系呢？"

李笑笑不以为然地笑了笑："马衫衫是你昔日的女朋友。你现在的女朋友是李笑笑。"

何京京受到感动。李笑笑天性率真而明亮，遇事从不隐瞒自己的观点。这更加印证了匿名电话的可恶。

马衫衫走出红色捷达，笑眯眯朝着李笑笑招手："嘿哎！"

李笑笑十分大度，也朝着马衫衫招了招手。

何京京大步走上前去："马衫衫！你怎么知道我们来蹦迪啊？"

"十分钟之前有人打电话告诉我的。"

"真的有人打电话告诉你的？"何京京警觉起来。

马衫衫嘻嘻笑着："何京京，我什么时候跟你撒过谎啊？"

何京京内心承认，马衫衫这种现代派青年从不撒谎。她到美国留学决定中断与何京京的交往，就光明正大发来电子邮件，宣布分手。

"你能告诉我是什么人给你打的电话吗？"何京京追问。

马衫衫歪着脑袋想了想，说："男人，嗓音有些沙哑……"

李笑笑走过来："男人，嗓音有些沙哑？"

这时候，一辆深绿色的轿车从大街上驶过，车速很快。

李笑笑注视着远去的深绿色轿车，转身对何京京说："我累了，咱们回家吧。"

马衫衫嬉皮笑脸说："你们不蹦迪啦？那我就学雷锋做好事吧，免费送你们回家！"

李笑笑似乎是在赌气，拉着何京京钻进红色捷达轿车，坐在后排。

李笑笑大声说："开车吧，先送何京京回家。"

马衫衫嘻嘻笑着说："大陆的女孩子好开放哇。"

何京京小声说："你在美国才待了几天啊就变成海外侨胞啦。"

马衫衫回头对李笑笑说："既然坐我的车，就要听我的。李笑笑我先送你回家！女士优先嘛。"

马衫衫的意图非常明显，她先送李笑笑回家，然后就能单独与何京京在一起了。

马衫衫驾驶着汽车朝着李笑笑家的方向疾驶而去。

李笑笑靠在何京京的肩头，轻声说着："我们的爱情是经得住各种各样的考验的。你说呢？"

何京京点了点头，又想起那个可恶的匿名电话。

行驶了一会儿，马衫衫停住车子，说："李笑笑你家到啦！"

李笑笑推开车门，何京京跟随着下了车。

李笑笑朝着马衫衫挥了挥手："再见马衫衫！"

马衫衫坐在车里表情惊异："何京京，我还要跟你谈一谈呢。"

何京京拉着李笑笑朝着楼门走去："再见马衫衫，我和笑笑还要一起看一部老式电影呢。"

马衫衫气得摇下玻璃大声喊道："何京京你不要冒充纯情少男！"李笑笑挽着何京京走进楼门。何京京无意之间看了看手表，九点五分。

何京京说："笑笑，咱们回来得太早啊！"

"马衫衫像特务盯梢儿一样，咱们只好打道回府啦。"

何京京气愤起来："马衫衫一定加入了美国中央情报局，潜回中国监视咱们！"

"美国中央情报局监视咱俩有什么用啊？"李笑笑笑了起来。

何京京一本正经："当然有用！你我都是即将获得诺贝尔奖的人物啊！"

"诺贝尔什么奖？"

何京京大声说："诺贝尔恋爱奖！"

李笑笑惊叫着说："天啊！亏你想得出来……"

这时候，他们已经站在李笑笑家门前。李笑笑伸手按响门铃。

"那阿姨已经休息了吧？"

李笑笑摇摇头："我妈妈是个废寝忘食的人，这时她肯定正给学生们修改作文呢。"说着她又按了按门铃。

"那阿姨不在家吧？"

李笑笑知道妈妈从来没有晚间外出散步的习惯。她第三次按响门铃，然后开始寻找钥匙。

"妈妈应该在家啊。"李笑笑从身上找出开门的钥匙，自言自语着插进锁孔。

钥匙在锁孔里旋转着。这时候门突然开了，那蓝心站在门里，气喘吁吁的样子。

李笑笑惊讶地说："妈妈原来您在家啊？吓了我一大跳！我按了三次门铃……"

那蓝心的表情愈发显得僵硬。何京京叫了一声那阿姨。那蓝心慌忙请他进门。

李笑笑说："妈妈今天您是怎么啦？"

"笑笑，咱家有客人……"那蓝心说。

李笑笑与何京京面面相觑："客人？"

李笑笑大步走进客厅，惊诧地叫了一声："何叔叔！"

何汝言坐在沙发上，朝着李笑笑微笑说："你们回来啦？"

何京京走进客厅表情颇为困惑地注视着父亲："爸爸你怎么在这里啊？"

何汝言极其镇定，尽管他的领带系得松松垮垮："京京，我来找那老师洽谈公益广告方面的事情。赞助商要求明天上午必须拿出预算，而且还要确定外景地。我临时决定到那老师的学校拍摄外景。赞助商呢同意给学校一万五千元的支教费。这样双方就都满意了，我这个中间人也算做了一件好事啊。"

何京京听罢，点了点头。

那蓝心神情恍惚地注视着侃侃而谈的何汝言，似乎这个天方夜谭的

215

故事随时都会发出一声轰响，爆炸了。

李笑笑不言不语，注视着自己脚上的皮鞋。

何汝言缓缓站起身与那蓝心握手说："那老师今天咱们就谈到这里吧。明天上午九点钟我给您打电话，最后敲定拍摄现场的事情。"

那蓝心点了点头，说好吧。

何汝言拍了拍何京京的肩膀，然后朝着李笑笑笑了笑，走向门厅。

那蓝心表情窘迫地说："何先生您走好。"

走出了单元门，何汝言压低声音说："亲爱的你千万不要慌张。我会给你打电话的。"

那蓝心送走客人回到厅里，感到这里的空气已经凝固了。

她抬头看了看女儿，然后看了看女儿的男朋友，一时不知说什么好。

李笑笑坐在沙发上，手持遥控器调整着电视机频道："今天晚上怎么啦，没有好节目……"

何京京站起身来说："那阿姨，我走啦。"

"京京你走啊？你再玩一会儿嘛。"那蓝心言不由衷地挽留着。

李笑笑放弃电视遥控器，象征性地说："京京我送一送你吧。"

何京京连连摆手说不用送，然后匆匆走了。

那蓝心故作镇定，关闭了电视机。这时候她感到浑身正在颤抖。她告诫自己必须挺住。

"笑笑，你们这么早就回来啦，没去蹦迪啊？"

女儿没有回答母亲的问话。

她继续问道："笑笑，你们怎么这么早就回来啦，没去蹦迪啊？"

女儿终于回答："没。"

那蓝心沿着这个话题继续说："是啊，蹦迪也没什么意思……"

女儿沉默着。

那蓝心暗暗寻找着话题。她必须说话，她知道此时如果陷入沉默那无疑是一场灾难。女儿的沉默宛若一座大山沉沉地压在母亲心头，令她几乎窒息。这时候的那蓝心产生了强烈的逃避心理。

李笑笑终于结束了沉默，拿起茶几上的烟缸看了看："妈妈，何叔叔什么时候来的?"

那蓝心的心咚咚跳着："你们回来之前的大约十分钟吧。"

李笑笑说了声晚安，起身走进自己的房间。

客厅里只剩下那蓝心一人。她如释重负，立即跑进自己的卧室。伸手打开卧室壁灯，她一眼看见扔在床边的那只胸罩，脸腾地红了。卧室里残存着何汝言留下的烟雾。做爱之后他总是要吸上两支烟的。

那蓝心打开窗子，冷风迎面扑来。她恨不能立即将何汝言留下的烟雾吹得一干二净。这烟雾的味道令她不寒而栗。

是啊，门铃响了那么长时间我才跑去开门，这是根本无法自圆其说的。我们为人父母，偏偏被自己的孩子撞见，这真是无地自容啊。笑笑和京京其实都是非常聪明的孩子，看得清清楚楚。我在京京和笑笑面前说谎的时候，一定是极其丑陋的样子。天啊我可怎么办啊! 明天会发生什么事情呢?

那蓝心这样想着，下意识地抓起床头电话。她恨不得立即与何汝言通话，她的精神几乎支撑不住了。

她突然放下电话，起身走到窗前。今晚月光普照。她抬头望着天上的月亮，心情突然变得极坏。

她想起何汝言坐在沙发上镇定自若的表演，这位九河广告公司总经理居然能够在短暂的时间里即兴编出剧本：今天晚上男女主角正坐在客厅里洽谈着拍摄公益广告的事情。赞助商出资一万五千元人民币，支教。关于拍摄现场，有待最后敲定。

汝言啊汝言，你真是具有极高的表演天赋啊。男子汉大丈夫处变不惊，你坐在沙发上侃侃而谈，具有极强的心理承受力。可是你忘记了，咱们联手欺骗的恰恰是咱们自己的孩子啊。无论京京和笑笑是否相信这个骗局，身心受到最大伤害的仍然是咱们的孩子啊！咱们面对道德法庭，我是有罪的母亲，你是有罪的父亲。汝言你说孩子们会怎样看待咱们呢？从今以后咱们在孩子面前如何做人呢？

这样想着，那蓝心感到自己的精神世界已经崩溃了。她伸手抓起床头的电话机，拨通了何汝言家的电话。

通了。电话里传出何汝言的声音："喂。"

那蓝心的眼泪夺眶而出。她咬紧牙关挂断电话。

2

何京京走出李笑笑家，心里很乱。他无法概括此时自己的心情，但他知道这是一场致命的遭遇战。他了解李笑笑。他知道这位性格率真的姑娘根本无法承受这么沉重的打击，况且故事的女主角是她的母亲。

我与李笑笑的爱情极有可能成为这场遭遇战的牺牲品。我父亲临危不乱处变不惊，坐在沙发上侃侃而谈的样子，李笑笑是永远也不会接受的。父亲即兴编造的"公益广告"骗局，只能激发李笑笑产生更大的厌恶情绪。李笑笑是个爱憎分明的姑娘。

那蓝心阿姨的形象通过今晚的遭遇战，无疑在李笑笑心目之中已经轰然倒塌。

走出楼门，何京京的心情变得极其恶劣。他毕竟是理科大学毕业生，具有很强的逻辑思维能力。他知道事情难以收拾了，后果必将一塌糊涂。

前面有个夜间售货亭。他走上前去，浏览着摆在橱窗里的香烟，然后掏了一张五十元的钞票，说买一包香烟。

售货员问他买什么牌子的。他苦笑着说买最贵的。售货员立即递给他一盒"大中华"，说三十八。他又买了一只打火机。五十元钱就花光了。

他极其笨拙地点燃一支香烟，使劲吸着朝前走去。上大学的时候，他吸了三个月香烟，戒了。

一辆红色捷达停在何京京面前，马衫衫摇下车窗玻璃，探出脑袋说："何京京你怎么又抽烟啦！大三那年我不是让你戒了吗？"

何京京心烦意乱，朝着红色捷达大声说："你如今不是没有权力让我戒烟吗？哼！"

马衫衫走出红色捷达，仍然是咄咄逼人的口气："我如今没有权力让你戒烟，但是我有权力关心你的健康吧？"

何京京不睬，使劲儿吸着香烟。

马衫衫伸手打掉他手里的香烟，指着红色捷达厉声说："你给我坐到车里去！我就不信我管理不了你……"

何京京不假思索，拉开车门一屁股坐在后排位置上。

马衫衫坐在车里，突然泪流满面抽泣起来。

何京京坐在后排，不言不语。

"京京，我了解你，你一定是遇到了非常令你烦恼的事情，否则你是不会吸烟的……"

何京京埋头坐在后排位置上，任凭马衫衫哭泣着。

马衫衫转过身来，一边哭着一边说："你有什么了不起？你给我坐到前面来！"

何京京怔了怔，推开车门站到外边。这时候他看到远处停着一辆轿车，似乎是深绿色的。他拉开红色捷达的前门，坐在马衫衫身旁的副驾驶的位置上。

马衫衫发动汽车。他突然问她是否认识前面那辆深绿色轿车。马衫衫驾车从深绿色轿车旁边缓缓驶过，摇了摇头说不认识。何京京朦朦胧胧看到深绿色的轿车里坐着一个男人。

红色捷达提高速度，朝着前方疾驶而去。何京京回头朝后面望去。嗯，那辆深绿色轿车紧紧跟了上来。

马衫衫擦干眼泪，再显现代派女青年的风采："何京京，这是不是拍摄警匪片儿啊？后面那辆车为什么总跟着咱们啊？"

何京京情绪低沉，还是不言不语。马衫衫打开汽车音响猛然放出摇滚乐。何京京还是无动于衷。马衫衫加足马力朝着郊外驶去。

何京京回头看到那辆深绿色轿车已经放弃跟踪，停在路旁。

马衫衫的飞车技术真是出色，一下子就甩掉了跟踪者。

驶在郊区公路上，马衫衫全神贯注驾驶着红色捷达，一语不发。何京京心里知道，马衫衫平时生活虽然十分随便，但做事的时候绝对一丝不苟。

红色捷达驶下公路进入路旁的一片小树林。何京京问这是什么地方。马衫衫苦笑了。

"这是什么地方？这是你第一次吻我的地方！你忘记了大二那年期

末考试，咱俩悄悄跑到这里来复习功课……"

哦，这是我初吻的处女地。何京京心头掠过一丝异样的感觉但随即就平复了。

"别下车，冷。"马衫衫关闭车灯，侧脸看着坐在副驾驶位置上的何京京。何京京扭脸望着窗外夜色。

"京京，你告诉我你遇到什么烦恼啦？"

望着车窗外的浓浓夜色，何京京终于摇了摇头："我们不谈这事儿……"

沉默着。

"你吸烟吧，我不管你。"马衫衫说话的声音颤抖起来。

"我不想吸烟。"何京京摇了摇头，仍然注视着窗外夜色。

马衫衫开始喃喃自语。她说她到达美国之后举目无亲孤立无援，本来应当向往爱情依赖友谊，可不知为什么却产生了强烈的排斥心理，排斥一切应当亲近的人和事。她说她非常后悔给他发来断绝交往的电子邮件。为了弥补这次失误造成的损失，她终止学业，毅然返回中国。她说她返回中国的唯一目的就是与他重修旧好，为了实现这个目的她不惜付出任何代价。

哦。何京京听着，惊异地看着马衫衫。她此时的表情非常沉重，沉重之中饱含着真诚。何京京不知如何是好，显出手足无措的样子。

马衫衫伸手搂住何京京的脖子，连连吻着他的脸颊。她的嘴唇冰冷而光滑，这使得何京京感到很陌生。

马衫衫急促地要求着："京京，你吻我吧！你吻我吧！"

何京京的眼睛里涌出泪水，他低声说："你为什么要给我发来断绝往来的电子邮件呢？否则我真的会等待你的……"

"京京，我知道你有了李笑笑。可是我感觉你遇到的烦恼与李笑笑有关！否则你不会这样沉默不语。你跟李笑笑的关系一定是遇到了严重的危机！京京你告诉我，咱们还能重修旧好吗？我心里真的非常爱你啊，请你给我这个机会！"

马衫衫与何京京紧紧拥抱在一起，热烈地亲吻着。马衫衫宛若一条小鱼，在何京京身上游来游去，十分欢快。

何京京猛然推开马衫衫，气喘吁吁注视着窗外的黑夜。

"你怎么啦？"马衫衫扑进他的怀抱里，轻轻抽泣着。

何京京说："我不能做对不起李笑笑的事情……"

马衫衫极其痛苦地抓住他的胳膊，放声大哭起来。

"何京京，你告诉我，我怎么做才能重新得到你的爱情啊？"

何京京抚摸着她的头发说："我心里很乱，我心里很乱啊。"

马衫衫呻吟着说："我一定要跟你在一起……"她解开他的衣扣，伸手抚摸着他强健的胸肌。

何京京觉得自己脑海一片空白……

3

子夜时分，那蓝心床头的电话响了。她失眠地躺在床上，注视着铃铃叫唤的电话机，心头感到几分恐惧。

她断定这个电话是何汝言打来的。凡是何汝言打来的电话，铃声总是与众不同。

电话铃不停地响着。她鼓起勇气，拿起话筒。果然是何汝言。

那蓝心说："汝言，我想你会打来电话的。可咱们的事情已经被孩

222

子们撞见啦，今后你我怎么做人啊！我想，咱们小别一段时光吧！暂时中断来往，我实在承受不住这么巨大的心理压力啦……"

何汝言毕竟是男子汉，他十分耐心听着那蓝心的诉说，然后劝慰她既不要悲观也不要绝望，面对现实冷静处理。他说："无论事情发生什么变化，唯独有一点我是不会发生变化的，那就是对你的爱。"

那蓝心嘤嘤哭了起来："汝言，我害怕……"

"蓝心，事情总会有办法的。你不要害怕。我永远爱你。我相信你也永远爱我。"

"你不要说啦，这正是我害怕的。我害怕由于咱们的爱情而毁灭了京京和笑笑的爱情！"

电话里何汝言重重地叹了一口气："是啊，我打电话就是想问问你，现在已经深夜两点钟了，京京还没回家呢。"

"什么？京京九点四十分的时候就走啦！十点钟的时候笑笑就回屋睡啦。"

"也不知道京京在外面给笑笑打电话了吗？"

那蓝心慌了，立即去敲笑笑的门。笑笑听说京京深夜不归，赤着双脚跑到妈妈房间里，抄起电话。

她告诉何汝言，京京九点四十分就走了，之后也没有接到他从外面打来的电话。

放下电话，李笑笑跑回自己的房间，大声哭了起来。

那蓝心急得如热锅蚂蚁，在客厅里乱转。

这时候电话铃响了。

谢天谢地，但愿这电话是何京京从外面打来的。

那蓝心拿起电话，听到的却是陌生的声音："您好，深夜打扰不好

223

意思啦，请李笑笑接电话好吗?"

"哦，请问您是谁啊?"

男人的声音略显沙哑:"我有事情要告诉李笑笑，请你叫她接电话吧。"

那蓝心顿时提高了警惕:"你必须告诉我您是谁，否则深更半夜的我是不会让李笑笑接电话的。"

"哼! 现在是深更半夜，所以我要告诉李笑笑，她的男朋友何京京此时正坐在马衫衫的红色捷达车里，谈情说爱呢。"

那蓝心的手仿佛被烫了一下，啪地放下电话。

屋里隐隐传出李笑笑的哭声。那蓝心冲进卫生间，双手揪着自己的头发。何京京九点四十分离开我家，他怎么一下就跑到马衫衫那里去啦? 何京京自幼丧母，心里一定很苦。尤其当他看到自己的父亲与自己女朋友的母亲发生了婚外恋情，他受到刺激无疑是致命的。天啊，莫非是我毁灭了孩子们的爱情? 因为我是有夫之妇啊。

我必须保护笑笑。我一定不能让笑笑知道何京京深更半夜与马衫衫在一起。这对笑笑来说太残酷了。作为母亲我必须保护自己的女儿，尽管我已经背叛了她的父亲。回到卧室，时钟已经指向凌晨两点三十分。那蓝心立即给何汝言拨通电话，告诉他刚刚接到匿名电话说何京京与马衫衫在一起。

"那个男人的声音显得沙哑吧?"何汝言问。

那蓝心说是，然后告诉他明天上午自己有两节语文示范课，她必须睡了。最后她强调，从明天开始我们小别吧。

清晨起床的时候，她在餐桌上看到女儿留给她的一张纸条:"妈妈，我这几天很忙，早出晚归甚至彻夜不归，请您不要挂念。"

那蓝心的泪水打湿了这张纸条："笑笑，你这不是离家出走吧？今后妈妈在你面前真是没法做人啦！"

上午的两节示范课，是从十点钟开始的。那蓝心走上讲台，心儿突突乱跳，仿佛师范学院毕业之后首次走上工作岗位的实习教师。这样的示范课，以前那蓝心讲过十几堂了，应当说老于此道。自从与何汝言相爱，她才真正懂得战胜自我是一件很难的事情。

外校来了十几位语文教师，坐在教室后面听课。

老处女刘校长也来听课，陪着市教育局语文教研室的领导坐在前排。那蓝心愈发紧张起来。

这两节课那蓝心讲得如履薄冰，大汗淋漓。她太想通过这两节课来证明自己了，因此愈发显得拘谨。讲课结束的时候，她没有听到以往的掌声。人们起立，默默注视着这位汗流浃背的著名语文教师。

那蓝心向人们鞠躬致意，然后快步走出阶梯教室。

刘校长在楼道里喊住了她。

她充满歉意地对刘校长说："今天我讲得不好……"

刘校长面无表情说："基本还可以。那老师今天下午两点钟，援藏工作办公室的同志要来学校看望你，你准备一下吧。"

那蓝心茫然："我准备什么呢？"

刘校长一时语塞："这……"

"有什么具体的事情要谈吗？"那蓝心问。

刘校长说："这我就不知道了。"

午饭是在办公室里吃的，盒饭。王副校长越来越讨厌了，不停地评论着张三李四王五赵六，事儿妈似的。那蓝心只得敷衍着，等待着下午两点钟的到来。

225

她想起远在西藏工作的李埃，竟然平添了几分陌生的感觉。

她心里惦记着女儿。一点半钟的时候她给电视台打了个电话。王副校长坐在一旁，其实是在偷听电话内容。

电视台接电话的人恰巧是崔刚。崔刚告诉她，他们摄制组这段时间的确很忙。往往工作一个通宵。笑笑现场撰稿几次受到领导好评，不知为什么她还是高兴不起来。不擅言谈的崔刚说起李笑笑，似乎有说不完的话。

那蓝心请崔刚叫李笑笑来接电话。崔刚说李笑笑外出采访了。

放下电话，她又惦记着何京京。要想知道何京京的情况，只能给何汝言打电话。她看到王副校长石雕似的坐在那里一动不动，只得起身走出办公室。王副校长追了一句："那副校长有什么就跟组织谈什么！"

讨厌！真是莫名其妙。那蓝心不愿意跟王副校长这样说话，心里却是很生气的。什么叫有什么跟组织谈什么？王副校长这人真是唯恐天下不乱。

午休时间里，那蓝心走出学校大门，朝着远处的 IC 电话亭走去。走到 IC 电话亭前，她看到这里已经被学生们包围了。几个学生叫着那老师。她立即退却，继续朝前走去。

前面的居民小区里有一家公用电话。她勉强朝前走着竟然感到一阵眩晕。扶着一株大树，她气喘吁吁。

这就是人到中年的婚外恋啊。它使人变得热情洋溢，它使人变得充满活力，它使人变得滔滔不绝而擅长表达；同时，它使人变得神魂颠倒，使人变得寝食难安，使人变得默默无语而木讷迟钝……

恋爱使我心力交瘁。她支撑着终于走到公用电话前，给何汝言发了传呼。

226

迟迟不见何汝言复机。已经一点四十分了。她心里焦急，觉得自己非常狼狈。

公用电话的铃声响了。她抓起电话喂了一声，终于听到何汝言的声音。她的眼角立即湿润了。

何汝言真是善解人意，他知道那蓝心惦记着何京京，未等她问就告诉她今天一早儿京京回家了。听到这个消息那蓝心释然，她告诉何汝言这里是公用电话，今天下午两点钟她还要接待市援藏工作办公室的两位同志。

何汝言沉默了，然后说："我知道你既是人民教师又是有夫之妇，因此处境非常艰难。你说小别十天，我等你十天，你说小别二十天，我等你二十天。我保证不打扰你。不过我要告诉你，我永远都在爱着你，无论是小别还是永别！"

那蓝心终于控制不住自己的情绪，挂断电话大声哭泣起来。

看守公用电话的老太婆不知内情，十分警惕地注视着她。

1

那蓝心在三楼会议室里与援藏工作办公室的两位同志见面。这两位同志一男一女，一阵寒暄之后，男同志很快就切入正题。

那蓝心渐渐听懂了。这两位同志今天并不是一般性访问，而是具有针对性的。男同志说得含蓄，寓意却十分明了。

"援藏干部在世界屋脊工作，极其艰苦，家属们也付出很大代价。如果家属遇到什么困难，我市援藏工作办公室将竭尽全力给予解决。同时也要求援藏干部家属，在各自不同的工作岗位上严格要求自己，使援藏干部安心西藏建设。其实，两年的时光并不太长。然而，我们要在这两年时光里使每一个援藏干部的家庭都能做到安定团结，就不是非常容易的啦。"

那蓝心小心翼翼问道："李埃在西藏工作，有什么不安心的表现吗？"

女同志笑了："那老师您不要过于敏感，我们只是对援藏干部的家属提出这样的要求。我想，这个要求对您来说并不过分吧？"

男同志接过话题说："今天我们来主要是想听一听援藏干部家属生活上遇到了什么困难。只要是我们能解决的，马上解决。我们只有一个目的，就是让援藏干部的家庭安定团结，让援藏干部安心西藏工作。"

那蓝心笑了笑："谢谢。我没有遇到任何困难。"

男同志率先站起，与那蓝心握手："那老师您是模范教师，我们久仰您的大名，希望您再接再厉！"

那蓝心送这两位同志走出会议室，女同志扯了扯她的袖口，小声说："遇到什么困难一定给我打电话，女人活到咱们这种年龄，真是面临考验啊。"

男同志站在楼道里再次与那蓝心握手，说："我们会通过组织渠道转告李埃同志，家里很好，请他在西藏安心工作。"

送走一男一女两位同志，那蓝心回到自己的办公室。王副校长不在，她可以静下来思考问题。今天我是不是过于敏感啦？这两位同志虽然说话不多，但是应当认为句句都说在要害部位。他们的主要目的是为了援藏干部的家庭安定团结——使李埃安心西藏建设。

这时候刘校长叩门，然后走了进来。

刘校长平时说话面部没有表情，今天有所不同，脸上浮出几分和蔼亲切："援藏工作办公室的同志走啦?"

那蓝心点了点头："走啦。刘校长谢谢您对这件事情的关心。"

刘校长笑了笑："大家关心你,主要是希望你保持优秀教师的荣誉,尤其是提拔副校长之后,千万不要放任自己……"

那蓝心耐心听着。刘校长寻找着合适的词汇："主要是希望你渐渐好转起来。人到中年嘛总会遇到意想不到的事情,但必须及时回到正常轨道上来。你说呢那老师?"

那蓝心心内茫然："刘校长……"

刘校长说："当年那个女电影明星,说什么做女人难做女名人更难。我想,这个女电影明星并不了解我们教育战线,其实做女教师最难。尤其是做那老师你这样的著名优秀女教师。社会上认识你的人太多啦,无论走到什么地方都有你的学生或学生家长。因此你永远生活在明处。你的一言一行,其实并不亚于女电影明星。一个女电影明星能红几年?可是那老师你将在讲台上站几十年。多少人注视着你啊。"

那蓝心一下就明白了。

一定是有人看到了我和何汝言在一起的身影。没错,有几个夜晚我们肩并肩走在大街上,然而那时候大都市并没有完全沉睡啊。

"那老师,你爱人远在西藏,如果你生活上啊工作上啊乃至其他方面遇到什么困难,愿意提出来就提出来,学校想尽办法也要帮你解决的。我说的是心里话。"

那蓝心是个好强的女人,虽然身处窘境,她仍然激流勇进。她当场向刘校长表态,无论如何也要继续担任高三·四班的班主任,以自己的实际行动挽回不利影响。

刘校长满脸无奈的表情:"我觉得你过于固执了,凭你目前的状况,

229

恐怕不再适合担任班主任啦。"

那蓝心仍然坚持己见。刘校长只得同意了。

终于挨到下班时分，那蓝心仍然思绪万千，一时梳理不清。下班路上转乘地铁的时候，一个抱着小孩儿的妇女叫她那老师，并且说十五年前是她的学生。那蓝心望着面前这张似曾相识的面孔，内心不得不接受这样一个现实：我永远生活在明处，我无处藏身。

走出地铁出口，这时候她对中年之恋有了深刻体会，那就是苦涩大于甜蜜。因此，中年之恋的含金量最高。

听到有人喊"那校长"，她停住脚步转身寻找着。一个身穿黑呢大衣的男人走上前来，竟然是教育局组织部的金部长。

她叫一声金部长。金部长紧紧握着她的手，情绪似乎非常激动。她使劲儿将手抽回来。金部长意识到自己的失态，连声说对不起。

金部长告诉她关于她的绯闻已经传到市教育局，众说纷纭。他知道她还蒙在鼓里，因此今天专程来到地铁出口等她，就是要告诉她提拔副校长时间不长，一定要处理好个人情感生活，人到中年千万不要粗心大意。一定要记住"木秀于林风必摧之"这句古语。

她听着，仍然对金部长怀有强烈的警惕心理："你为什么跑来告诉我这个消息呢？"

金部长十分坦然："我内心对你非常景慕，这次听到关于您的绯闻，觉得有必要将这个信息告诉你。我并未怀着什么目的。"

"你好自为之吧。"金部长说完，转身就走。

她叫住金部长，走上前去与他紧紧握手，说了声谢谢。

天色黑了，那蓝心朝着回家的方向缓缓走去。

走进家门，她看到门厅的灯亮着，这说明笑笑已经回来了。她心里犯怵，忘记换鞋就走进客厅，抬头看到女儿的卧室门上挂着一个纸牌子，上面写着八个大字：正在工作，请勿打扰。

女儿显然不愿意见到母亲。那蓝心转身走进厨房。她很想做几个好菜讨好女儿，可是由于不擅烹饪，有心无力。这时候她想起极擅烹饪的李埃，心里挺不是滋味的。

晚饭非常简单：醋熘大白菜和炒鸡蛋，馒头和米粥。

她走到女儿卧室门外，轻声叫着："笑笑吃饭啦。"

笑笑对她的呼唤不予理睬。

她继续叫着："吃饭啦笑笑。"

终于听到女儿的声音："您先吃吧，我不饿。"

那蓝心坐在餐桌前，等待着女儿。她感到恐惧，在今后漫漫无期的日子里自己将如何面对女儿的目光。

第十五章

1

自从前天晚上发生了一场"遭遇战"，何京京与李笑笑的热恋一夜之间进入"小冰河期"。

三天了，李笑笑没给何京京打过电话。何京京毕竟具有男子汉风度，昨天中午主动往电视台给李笑笑打了一个电话。李笑笑没有谈话的兴致，说我忙着呢。何京京问候了几句，叮嘱她要多注意身体，然后就放下了电话。

放下电话何京京苦笑了。他知道李笑笑深深爱着远在西藏的父亲。他也知道李笑笑绝不能容忍母亲的婚外恋情。在李笑笑心目之中，远在西藏的父亲无疑象征着奉献，近在咫尺的母亲无疑意味着背叛。然而这个令人难以启齿的故事的男女主角恰恰是他的父亲与她的母亲。心寒意冷的李笑笑只能感到绝望。

何京京今天终于明白了这句至理名言的含义："我们不知道的事情其实已经存在；我们知道的事情很有可能已经消失。"

中午时分，何京京在家里又接到了匿名电话。好在他已经安装了来电显示器。那家伙的电话号码清清楚楚地显示出来了。

这家伙的胆子越来越大，从 IC 卡电话变成使用手机。何京京决定关键时刻给这部手机发一个传呼，老虎总有打盹儿的时候吧？何京京断定匿名电话与那辆形迹可疑的深绿色汽车有关，因此他花钱为自己配备了手机。

吃了一碗方便面，他给马衫衫打了个电话，告诉她今天晚上可能借用她的汽车。马衫衫非常兴奋，表示愿意充当车夫，全天二十四小时恭候。

何京京预感到今天夜里可能要有行动，就午睡了。还没进入梦乡就听到了响动，他从床上爬起来。走出卧室他看到是爸爸回来了。

何汝言朝着儿子笑了笑。何京京也朝着父亲笑了笑。

"京京你吃饭吧？"何汝言手里拎着一兜子快餐。

何京京说："理论上我已经吃过午饭，一碗康师傅方便面。"

"咱们一块儿吃吧。我就是照着两个人买的。"何汝言摆好餐桌，从兜子里拿出一瓶红葡萄酒。

何京京打开酒瓶："爸爸您平时是不喝酒的啊？"

"今天不是平时啊。"何汝言居然亲手为儿子斟酒。何京京从爸爸的脸上读出了今天的内容。

"爸爸，咱们喝酒。您呢有什么话就说吧。"

何汝言呷了一口葡萄酒，双目微闭回味着酒的余香。何京京看得出，爸爸是在尽力保持着自己的风度。

做一个成熟的男人真是很累啊。

"你说爸爸应当怎么办呢？"

233

何京京喝了一大口葡萄酒："这纯粹属于您个人的事情……"

何汝言不愧曾经是大学中文系讲师，措辞精确而含蓄："我的意思是说，如果是由于爸爸的行为而影响甚至毁灭了你的幸福，你认为爸爸应当采取什么措施弥补呢？"

何京京站了起来，说："如果您的行为已经毁灭了我的幸福，那肯定是没有任何措施能够弥补的。因为幸福只要遭到毁灭，就不存在啦。您说南半球臭氧层的那个大窟窿，人类有什么措施弥补它吗？"

何汝言鼓起勇气注视着儿子："京京你是不是认为爸爸是个坏人或者恶棍呢？"

"您是我父亲，我为什么要认为您是个坏人或者恶棍呢？"

"因为，我已经毁灭了你的幸福。或者说我的行为使你丧失了追求幸福的权利……你说是这样吧？"

何京京点了点头："有这种可能。即使这样我又能说什么呢？假设您是个坏人或者恶棍，那也属于您自己的人生选择啊！我只能抱怨您的选择错了，不能抱怨您的选择。因为您拥有选择的权利。"

何汝言目光疑惑地看了看儿子，只得继续喝酒。

"这几天笑笑的情况怎么样啊？"

"笑笑工作很忙，我们只是通通电话，还没来得及见面。"

"你们应当见面，见面之后应当好好谈谈，尽管有的话题很难启齿，可把话题冷冻起来也不是长久之计啊。"

何京京不理睬父亲，独自喝着葡萄酒。

餐桌上沉默起来，两个男人各自喝着葡萄酒，不再说话。很快他们就喝光了三瓶，仍然没有说话。

这时候，门铃响了。

何汝言不理睬门铃。何京京也不理睬门铃。父亲与儿子分别坐在餐桌的两端，看上去很像两尊无法挪动的雕像。

何京京目光迷离，凝视着父亲："我告诉您吧！那蓝心阿姨是优秀女性，我敢断定很多男人都在心里偷偷地爱着她。无论是谁向那蓝心阿姨表示爱情我都觉得是正常的。爱美之心人皆有之。不过必须知道那蓝心有个女儿名叫李笑笑。李笑笑的父亲李埃为了给女儿安排工作，报名去了西藏。李笑笑认为李埃是世界上最伟大的男人，因此她不可能容忍别的男人占据他父亲的位置，即使是短暂的占据……"

何汝言摇晃着站起身来，伸手拍了拍儿子的肩头。他发现儿子已经长得非常结实了。

电话铃响了起来。何汝言略显醉态，离开餐桌去接电话。

电话里是个女孩子："您好，请何京京接电话好吗？"

何汝言听出这女孩子不是李笑笑，他示意何京京接电话。何京京接过电话，电话里立即传出女孩子的训斥声，声音很响，何汝言听得清清楚楚。

"何京京你是怎么搞的？我站在你家门外按响门铃，你为什么不开门？害得我还以为你煤气中毒啦！何京京我是来给你当车夫的，你竟然这样对待我，我要是当了你的妻子，你一定会把我卖给蛇头的。你这个人面兽心的家伙，快快给我开门！"何汝言静静听着，觉得这个心直口快的女孩儿挺有意思。

何京京放下电话，立即前去开门。

一个身穿迷彩服脚踏大皮靴的姑娘大步走进门来。她的这身装束使何汝言误认为她是个女兵。

"这是我父亲……"何京京将何汝言介绍给马衫衫，然后指着女兵告诉父亲说，"她就是马衫衫。"

"哦，你就是马衫衫……你什么时候在美国入伍啦？"

马衫衫笑了笑："何伯父，我已经回到祖国怀抱啦。"

何京京连忙解释："是啊，美国一轰炸伊拉克，马衫衫就回国啦。"

马衫衫随即反驳，说她回国跟海湾地区毫无关系。然后她脸色一板对何京京说："你不是约我出去玩吗？车夫已经来了咱们走吧。"

何京京抬头看了看墙上的挂钟，竟然已经六点半钟啦。他跑进自己房间去换衣服。

马衫衫趁机说："何伯父您是不是对我抱有成见？譬如说我从美国给何京京发来断绝交往的电子邮件……"

"那是你的权利。"何汝言十分大度地说着。

何京京换了一身运动装。他跟爸爸说了声再见，何汝言一把拉住儿子，低声问着。

"京京，这么说你跟李笑笑断绝交往啦？"

何京京连连摇头，说不是。何汝言抬头看了看女兵，叹了一口气。

"唉，是爸爸害了你啊。"

何京京再次向父亲解释，说不是，然后领着马衫衫走出家门。

楼道里，马衫衫十分欣喜说："京京原来你跟李笑笑吹啦？这太好啦！咱们终于能够破镜重圆了……"

何京京坐在红色捷达车里，告诉马衫衫去"莫名其妙"歌舞厅。他知道那里经常停着一辆深绿色轿车。

2

李笑笑一连三天，每天傍晚时分都将自己关在卧室里，任凭母亲如

236

何召唤也不开门。她在自己房间里放了一箱方便面和一台饮水机，拉开持久战的阵势。

李笑笑内心非常痛苦。她认定妈妈做了愧对爸爸的事情，也愧对人民教师这个光荣称号。她恨妈妈，可是又不知如何去恨，因为毕竟是自己的母亲啊。李笑笑的痛苦不仅出于对母亲的绝望，还有她对爱情的彷徨。我与何京京的恋爱究竟应当中止呢还是应当继续？这令李笑笑苦恼不已。

李笑笑不得不承认，她爱何京京，她舍不得离开何京京。

然而何汝言恰恰是何京京的父亲。上帝安排这幕悲剧的时候，真是残酷啊。

晚上十点钟的时候，她开始宽慰自己：但愿妈妈与何叔叔并没有发生那种事情，这一切只是一场误会。

贴到卧室门前，她听到客厅里没了动静，知道妈妈回房休息了。她悄悄走出卧室，不声不响走进客厅，默默坐在沙发上。

妈妈的卧室已经熄了灯。李笑笑坐在沙发上享受着孤独。

她思念着为了女儿而远走西藏的爸爸。

摆在茶几上的电话机叫唤起来，打断了李笑笑的思念。

李笑笑拿起话筒，喂了一声。

电话里传出一个男人的声音，略显沙哑："你是李笑笑吗？"

李笑笑觉得这个声音有些耳熟，反问："您是谁啊？"

"你先回答我的问题！"对方使用的是手机，而且脾气很大。

李笑笑极其镇定："我是李笑笑。"

"这就好。我告诉你吧李笑笑，人家何京京的女朋友从美国回来了，前天夜里他就跟马衫衫在一起。今天夜里也就是现在吧，何京京又坐在马衫衫的红色捷达里，四处兜风。李笑笑我告诉你，崔刚非常爱你，你应当做他的女朋友。我劝你不要执迷不悟啦！"

李笑笑冷笑着说："您跟我说这番话究竟想达到什么目的呢？我觉得您非常无聊！"

"李笑笑！既然你死不回头，我就把你母亲的绯闻告诉你吧！"

李笑笑立即反击："我警告你，不许诽谤我母亲……"

"我说的是事实。何况这件事情与我毫无利害关系。你母亲与何京京的父亲发生了婚外恋。你懂吗？众所周知你母亲已经成为何汝言的情人！"

李笑笑啪地放下电话，脸色惨白。

电话铃又响了。她抓起电话大声对那个声音沙哑的男人说："你说得够多啦，住口吧！"

电话里传出何京京的声音："笑笑，你怎么啦？"

李笑笑极力稳定住自己的情绪："何京京，你现在是不是跟马衫衫在一起？"

何京京承认了："是的。"

"何京京你为什么跟马衫衫在一起呢？"

"笑笑，这个问题我会当面向你解释的。"

电话里传来马衫衫唱歌的声音，活像一只疯狂的小猫。

李笑笑急了："何京京你用的是手机，你现在和马衫衫一起开车兜风，是吧？"

"是的。"何京京坦然承认。

李笑笑问："你是不是认为你我之间的爱情已经死亡？"

电话里传来一声巨响——电话里没了声音。

李笑笑坐在沙发上，浑身开始颤抖。她从茶几上抄起一杯白开水，咕咚咕咚喝了下去。

天啊，妈妈跟何叔叔的绯闻已经尽人皆知了。唯独我李笑笑蒙在鼓里。真丢人！何叔叔你真是一个恶棍，你为什么要一脚踏进我家的生活呢？我妈妈是人民教师，我爸爸为了我去了西藏，我与何京京正在谈恋爱。何叔叔你这样做真是太自私了。我恨你！

李笑笑回到卧室，开始给母亲写信。她的手在颤抖，竟然握不住笔杆。她找出那张纸牌子，写上愤怒的文字："妈妈，我很痛苦。我在匿名电话里听到您的绯闻！我的怀疑终于得到印证。然而我仍然真心希望这是谣传！妈妈，父亲为了我投身遥远的西藏，你身为人母却放弃了女性的忠贞，竟然成了我男朋友的父亲的情妇。您毁的不只是您自己，也毁了我的幸福人生！我忍无可忍，只能选择离开这个家庭，我再也不会回来啦！"

她将纸牌子挂在母亲的卧室门前，背起行囊走向门厅。出门之前她回头看着，猛然看到妈妈站在卧室门前，手里拿着纸牌眼泪汪汪地注视着她。

"笑笑！"那蓝心撕心裂肺地大喊。

李笑笑咬紧牙关，头也不回走出了家门。楼道里的延时灯坏了，很黑。她故意大声唱歌，来给自己壮胆。

那蓝心晕倒在客厅里。

走出楼门，李笑笑默默流下眼泪。走上大街她叫了一辆出租车，朝着电视台的方向驶去。

电视台大院门前，李笑笑下了出租车。一辆切诺基停在她面前，车里跳下身材魁梧的崔刚。

崔刚大声说："李笑笑你有特异功能啊？台里有紧急任务我正要去接你，你自己就来啦。"

崔刚告诉她，台里抢拍《今夜我值班》，主任要求李笑笑一起出现场，同步撰稿。夜间十二点出发。

李笑笑二话不说拎着行囊钻进崔刚的切诺基。

《今夜我值班》摄制组顶着夜色，出发了。

李笑笑现场撰稿的《今夜我值班》，是反映交通警察夜间值勤处理突发事故的电视专栏节目。李笑笑坐着崔刚驾驶的切诺基赶到现场，看到一辆深绿色轿车撞在电线杆上，后面一辆红色捷达追尾。

崔刚看到被撞毁的深绿色轿车，大叫着扑上前去："杨伟！这是杨伟的车啊！"

李笑笑看到追尾的红色捷达轿车，惊呆了："马衫衫……"

几个交通警察正在测量事故现场，他们告诉崔刚，这起事故的伤员们均已送往第二中心医院抢救。

崔刚跳上汽车发动切诺基，拉着李笑笑驶向第二中心医院。

急救室的医生告诉崔刚，这起交通事故一死一伤。死者其实在送往医院的路上就死了，因为他驾车撞在路旁的电线杆上。车毁人亡。

崔刚听完医生的介绍，顿时流下眼泪。他告诉站在身旁的李笑笑，杨伟已经死了。李笑笑不知所措，使劲咬着自己的手指。

崔刚毕竟是摄像记者，他痛失好友悲伤至极，依然扛着摄像机走进停尸房，拍摄杨伟的遗体。李笑笑站在外面等待着，不知如何撰写稿子。

崔刚扛着摄像机走出停尸房，脸上毫无表情。他告诉李笑笑，杨伟是他唯一的朋友。杨伟死了，他在这个世界上便没有朋友了。

这时候李笑笑终于想起杨伟活着的时候，说话略显沙哑。

她叹了一口气，说："崔刚，杨伟生前对你的恋爱婚姻非常关心啊。他死了，就没人关心你的恋爱婚姻啦。"

崔刚点点头，擦去残存的眼泪，扛着摄像机走向监护病房。

急救室的医生拒绝崔刚和李笑笑进入监护病房，他们声称是电视台《今夜我值班》的记者，也不行。医生说伤员目前尚未脱离危险，任何人不得干扰治疗。

马衫衫躺在病床上，浑身缠满绷带。她是在何京京的指挥下驾车追赶杨伟的深绿色轿车时，发生追尾事故的。当时马衫衫并不知道这是一场危险的游戏，她一边驾车一边大声唱歌。

李笑笑站在病房门外，看到何京京身穿白大褂守候在马衫衫的病床前，表情是那样专注而充满爱心。

李笑笑隔着玻璃朝着何京京招手。何京京离开病床，马衫衫立即疼得叫唤起来。何京京朝着李笑笑摆了摆手，然后目不转睛站在病床前注视着马衫衫。

一个女护士从监护病房里走出，说伤员马衫衫已经清醒过来。但是她一刻也离不开她的男朋友。女护士称赞说，马衫衫的男朋友真有爱心，就这样一动不动守候在女朋友病床前。

女护士羡慕地说，爱情是止痛片。

听了女护士的评论，李笑笑抑制不住自己的情绪，转身朝医院大门跑去。

怪不得这几天何京京不跟我联系呢。原来他与她已经破镜重圆。我完全成了牺牲品。马衫衫出国之后，何京京的情感生活出现空白，我就打了补丁。如今马衫衫回国了，我就成了多余的人。何京京啊何京京，我被你给骗啦！

崔刚是在第二中心医院的花园里追上李笑笑的。夜色里他拉着李笑笑的手，安慰着她受伤的心。

李笑笑木然坐在他的身旁，默默无语。

崔刚搂住李笑笑，吻了她。李笑笑一动不动，仿佛变成一具石头人儿。崔刚紧紧将石头人儿搂在怀里，发誓今生今世永远爱她。

李笑笑喃喃自语："爱情，真没意思。"

$\mathcal{S}$

何汝言三天没有见到儿子，几经周折终于找到第二中心医院创伤急救监护病房。

何京京脸色憔悴，站在病床前守候着马衫衫。他看到父亲出现，离开病床迎上前来。

躺在病床上的浑身缠满绷带的马衫衫立即呻吟起来。

这里的情景令何汝言感到意外。

一个女护士一边输液一边告诉何汝言："我们医院的任何药物都无法镇痛，只有何京京是马衫衫的止痛片。"

马衫衫呻吟着说："是的……"

何京京俯身告诉马衫衫，说他父亲来了。

马衫衫睁开眼睛说："何伯父来看我啦？何伯父我告诉您，我错啦！从今往后我再也不离开何京京啦。"

何汝言对这里的情况不甚明了，不便发言，只得朝着马衫衫说安心静养吧。然后他拉着儿子走出病房。

这时候是黄昏时分。何汝言与何京京走到医院露天长廊的藤萝架下。深秋的夕阳投下余光，抚摸着这对人间父子。

"京京，你突然跑到医院来陪伴马衫衫，这到底出了什么事情啊？"

何京京说一言难尽。

"假设这是一部十五万字长篇小说，你就给我讲一讲梗概吧。"

何京京突然反问："李笑笑找您谈啦？"

何汝言表情茫然："李笑笑找我谈什么啊？她是不会见我的。"

何京京坐在长椅上表情显得沉重。他告诉父亲此时他脑子很乱，一时难以理清头绪。

"你想到哪里就说到哪里，我想知道你究竟遇到了什么麻烦。"

何京京眯着眼睛注视着远方："我多次接到匿名电话，说何京京你以为李笑笑爱你啊？李笑笑并不爱你。如果李笑笑真的爱你，她为什么还要跟崔刚一起前往西藏呢？李笑笑真正爱的是崔刚，何京京你去问问吧，电视台的人们都知道……"

何汝言打断儿子的话："我也曾经接到过匿名电话，当时我担心你难以承受，就没有告诉你。"

何京京笑了笑："爸爸其实我具有很强的心理承受力。那个沙哑的声音要求我立即退出这场游戏，将李笑笑拱手让给崔刚。爱情怎么能说成游戏呢？我知道李笑笑爱我。于是我开始调查，起初我怀疑是崔刚。一个偶然的机会我发现了崔刚的朋友杨伟。我就暗暗跟踪杨伟的那辆形迹可疑的深绿色轿车。杨伟是电视台广告部的，他喜欢开车兜风。他最大的内心秘密就是喜欢暗中制造事端——然后隔岸观火。几乎没人知道杨伟是个患有严重心理疾病的男人，他性格孤僻并且具有令人难以理解的毁坏欲望。前天夜里我乘坐马衫衫的红色捷达追击杨伟，他驾驶深绿

243

色轿车高速逃跑撞在路旁电线杆上，当场死亡。马衫衫驾车追尾，受了重伤。"

何汝言听罢大声说："哼，杨伟一定也给李笑笑打过匿名电话！"

何京京欲言又止："爸爸……"

"京京，事已至此，你就无所顾忌地说吧！"

何京京告诉父亲，一天晚上他在跟踪杨伟的时候，猛然发现杨伟正在暗暗跟踪别人……

何汝言问："杨伟暗暗跟踪谁啊？"

"爸爸，我发现杨伟暗暗跟踪的是您和那阿姨……"

听了儿子的话，何汝言的表情尴尬不已，低头注视着地上的落叶。

何汝言渐渐冷静下来，抬起头说："京京，对不起……"

何京京注视着父亲："爸爸，您没有必要向我道歉。追求爱情生活这是上天赋予每个人的权利，即使父子之间也无权干涉。你为什么要向我道歉呢？"

何汝言受到强烈震撼，长长叹了一口气："笑笑要是能够像你一样，就好啦。"

何京京摇了摇头："这不可能。笑笑是不会谅解您的。她认为您不但占有了她的母亲，还毁灭了她的爱情生活……"

"是我毁了你与笑笑的爱情，我必须竭尽全力加以挽救！京京你说我应当怎么办呢？"

何京京告诉父亲，李笑笑与崔刚当天夜里追到医院病房采访这起突发的交通事故。"当时李笑笑不明内情，看到我在病床前陪伴马衫衫，非常愤怒。当时我无法向李笑笑解释，只能任她而去。马衫衫是为我开车而负伤的，我怎么能丢下她不管呢？无论如何我也要留在病床前照料她。我与李笑笑总有见面的时候，我会当面向她解释的……"

何汝言听罢京京的讲述，只得安慰儿子："你好好照顾马衫衫吧，关于你与李笑笑的关系我想你是能够处理好的。我走啦。"

何汝言走出十几步了，何京京追了上来："爸爸！我想，您也能够处理好您跟那阿姨的关系的。"

何汝言朝着儿子挥了挥手，眼泪夺眶而出。

1

那蓝心对发生在第二中心医院里的事情，一无所知。作为优秀女教师她尽力克制着自己的感情，中断了与何汝言的联系。

清晨她走进学校上班，猛然发现同事们都用异样的目光远远注视着自己，她心里一下就明白了。这就是绯闻效应。

她感到很被动，她知道自己的形象已经在大众面前彻底坍塌了。

上午没课。刘校长叫她去谈话。

刘校长的脸上毫无表情，谈话简明扼要。刘校长告诉她，经过上级有关领导部门研究，那蓝心担任专职副校长，不再担任高三·四班的班主任。由于担心那蓝心反对，刘校长再次强调这是上级有关部门的决定。

那蓝心点了点头，说服从上级有关领导部门的决定。

刘校长沉着面孔，说还有一个决定。市教育局为全市各校新近上岗的副校长举办业务培训班，那蓝心从星期一开始，参加为期四十天的培训班学习，不得请假。

那蓝心点了点头，说服从学校的安排。

刘校长厉声更正，说这不是学校的安排而是教育局的安排。

谈话结束之后，刘校长轻轻叹了一口气，内心似乎十分伤感。

那蓝心知道刘校长是恨铁不成钢，站起身来说："对不起了，刘校长。"

刘校长自言自语："做一个优秀的女教师，真不是一件容易的事情啊！你必须放弃很多享乐，承受很多苦楚……"

回到自己的办公室，那蓝心坐在办公桌前面，开始整理东西。她知道自己即将进入另外一种生活。尽管那种生活对她来说，十分陌生。

王副校长走进办公室，坐在她的对面。

"那老师，这几天经常有电话找你，总是一个男同志……"

那蓝心相信何汝言的一诺千金，既然说小别，他是不会频频将电话打到学校来的。

"王副校长，请你不要跟我开这种玩笑！"

王副校长负隅顽抗："这怎么能说是开玩笑呢?"那蓝心拍着桌子说："你要是不给我指出打电话的男同志是谁，我就到市教育局去告你低级趣味！"

王副校长起身走出办公室，气哼哼说："那老师你要欲盖弥彰！"

临近中午，办公桌上电话响了。那蓝心抄起电话，竟然听到女儿的声音。

"笑笑！你好吗? 妈妈想你啊……"

李笑笑的口气冷若冰霜，她在电话里告诉那蓝心，今天下午两点三十分她乘坐班机从本市滨海机场起飞前往成都。

"笑笑你去成都干什么呀?"

李笑笑告诉母亲，爸爸犯了胃病，大出血，今天上午已从拉萨飞到

246

成都，住在华西医院接受胃切除手术。李笑笑说她是今天上午十点接到西藏方面的电话。

天啊。那蓝心惊慌失措，说："我也要去啊……"

"您去不去那是您的事情。我作为女儿是一定要去的。崔刚说陪我一起去，我谢绝了。我只想独来独往，谁也不要打扰我！父亲是为了我前往西藏工作的……"

那蓝心听得清清楚楚，女儿是在呜咽声里放下电话的。看来笑笑已经认定我是罪人。

那蓝心的心头乱成一团麻，放下电话她拎起皮包，走出办公室。

她没有向刘校长请假。她忘记了一切清规戒律。她大步走出校门，然后向左边拐去。

午休时间的大街上，车不多，显得比较清静。她走出一百米，看到前面停着一辆黑色奥迪轿车。

她走到轿车近前，副驾驶的门打开了。她顺势坐进车里。

何汝言静静吸着香烟，说："你好。"

那蓝心注视着明显消瘦了的何汝言，说："我们已经七天没见面啦！"

何汝言点了点头，说："这七天里其实发生了很多事情。由于我们对此一无所知，所以对我们来说这七天里什么事情也没有发生。这就是唯心论的力量。"

"你好吗？"她抓住何汝言的手，问道。

"检察院怀疑我对市体委官员行贿，已经立案侦查。"何汝言说着望了望车窗外面的景致，"此时假若有人跟踪我，你千万不要感到惊诧。"

那蓝心问他是不是真的行贿了。

"最终是否起诉，只能是检察院说了算。"

"我告诉你一件迫在眉睫的事情，李埃在成都做了胃切除手术，笑笑今天下午两点三十分的航班，是滨海机场……"

何汝言说："我就是来接你去滨海机场的。"

黑色奥迪轿车行驶起来，朝着城市环线疾驶而去。

那蓝心问："李笑笑与何京京分手了吧？"

何汝言说："如今的一切还都很难说。你在学校里的处境也不会太好吧？"

驶上通往机场的高速公路，一辆切诺基从后面超了过去。那蓝心一眼认出这是崔刚的车，就告诉何汝言李笑笑坐在前面那辆车里。

何汝言加速，紧紧跟着切诺基："蓝心，你知道崔刚的手机号码吗？"

那蓝心摇了摇头，说："我这个教书匠能够认出崔刚的切诺基就不错了。恋爱真的使人变得机警。"

何汝言加速，紧紧跟随着前面的切诺基。这时候何汝言发现，一辆福特紧紧跟在自己后面。

何汝言大声问道："蓝心，你也去成都吧？"

那蓝心不知道后面有车跟踪，犹豫着说："我……"

何汝言大声说道："你跟李笑笑一起去成都吧，你毕竟是李埃的妻子啊。"

那蓝心双手掩面，突然哭泣起来。

黑色奥迪驶进滨海机场停车场的时候，李笑笑已经在崔刚的护送之下走进机场大厅。

何汝言站在停车场上拉着那蓝心的手说："我劝你还是到成都去一趟，李埃毕竟身在病中啊。"

那蓝心变了脸色："汝言，你是想把我从你怀抱里推出去吧?"

何汝言苦笑，挽着那蓝心的胳膊离开停车场。这时候那蓝心突然胆怯了，声音颤抖着问："你说，机场大厅里见到笑笑之后，她会怎样对待咱们呢?"

"无论李笑笑怎么对待你和我，咱们永远拥有选择情感生活的权利!蓝心你必须跨过这道心理难关。"

那蓝心挽着何汝言的胳膊，走进机场大厅。远远她就看到了女儿，母女六天没见面了，那蓝心觉得笑笑已经陌生。

崔刚迎面走了过来，拦住何汝言："对不起何先生，请您不要朝前走啦。"

"为什么?"何汝言颇为不满地问着崔刚。

"我担心李笑笑看到您的身影，控制不住她自己的情绪。"

何汝言大声说："生活就是这样，李笑笑必须坚强起来接受苦涩的滋味，请你告诉她一定要闯过这道心理难关。"

那蓝心十分敬佩地注视着何汝言。

"崔刚先生，请您现在就去买一张机票，那蓝心女士将与女儿一道飞往成都。"何汝言说罢，递去一沓新版人民币。

崔刚接过钞票，十分犹豫地回头看着李笑笑。

那蓝心呜咽着："笑笑! 我也要到成都去……"

李笑笑十分鄙夷地笑了笑，根本不理睬母亲。

何汝言大声对崔刚说："你去买两张机票，我陪那蓝心女士飞往成都。"

李笑笑伸手指着何汝言说："无耻！"

何汝言走到李笑笑面前，十分平静地说："李笑笑，无论你与何京京的恋爱关系结果如何，我现在郑重其事地告诉你，我爱上了你母亲！我爱上了你母亲！"

李笑笑面如土色，身子一软昏了过去。那蓝心哭着扑上前去，抱住自己的女儿。

何汝言大声说："蓝心，我陪你去成都……"

两位身穿蓝色制服的检察官员走到何汝言面前，低声告诉他说，不得离开本市。

那蓝心脸色惨白，倚靠在何汝言怀里。

崔刚去买机票了。

尾　声

这座北方城市落下入冬以来的第一场大雪。已经好几年没下大雪了，人们普遍怀着惊喜的心情，同时也感到大雪已经有几分陌生了。

那蓝心乘坐的航班由于天气原因在首都机场降落。何汝言驾着一辆破旧的轿车前去接机。

那蓝心独自拎着皮箱走出机场大厅，远远看到何汝言身穿一件老式的棉大衣等待着她。

那蓝心走到他的面前。他伸手接过她的皮箱。两人的心情似乎都很平静。毕竟是中年人了。

那蓝心说："我没有想到你来机场接我。"

何汝言反问："难道你认为咱们的事情已经结束啦？"

她苦苦一笑。

李埃的情况怎么样？何汝言问。

"我告诉你吧，李埃患的是晚期癌症，已经不能手术，如今正在接受化疗。"

她与他并肩走到停车场。她告诉何汝言，医生说李埃的存活期只有十八到二十四个月。

何汝言摇了摇头："如今庸医太多啦。庸医误诊是常见的事情。"

"你……"那蓝心注视着何汝言。

何汝言说："咱们朝前走吧。"

他与她并肩走进停车场。

"爱情就是一朵花，必然是要开放的。开放之后……"

那蓝心打断何汝言，问道："你的意思是说爱情之花开放之后，未必都有结果，是吗？"

"所以，我们必须朝前走去。"何汝言若有所思地说。

何汝言打开车门，请那蓝心上车。

坐在车上他大声告诉她："何京京已经考上托福啦。"

她哭了。

伴着她的哭泣，这辆破旧的汽车在高速公路上疾驶着。

放眼高速公路，根本没有这么破旧的汽车。然而正是这辆破旧的汽车，高速行驶着，先是超越了一辆黑色红旗，然后又超越了一辆白色奔驰，朝着前方疾驶而去。

那蓝心紧紧抓着何汝言的胳膊，吓得连声尖叫。

"亲爱的你开这么快的车，咱们是不是要殉情啊？"

何汝言一边驾车一边大声喊着："这辆破旧汽车象征着你和我，这条高速公路意味着新生活……"

前面是高速公路的出口。

爱情，宛若浮云一样飘浮在都市上空。

图书在版编目（CIP）数据

都市上空的爱情／肖克凡著. — 北京：中国文史
出版社，2020.3

（中国专业作家小说典藏文库·肖克凡卷）

ISBN 978 - 7 - 5205 - 1650 - 1

Ⅰ．①都… Ⅱ．①肖… Ⅲ．①长篇小说 - 中国 - 当代

Ⅳ．①I247.5

中国版本图书馆 CIP 数据核字（2019）第 261508 号

责任编辑：蔡晓欧　薛未未

出版发行：**中国文史出版社**

社　　址：北京市海淀区西八里庄 69 号院　邮编：100142

电　　话：010 - 81136606　81136602　81136603（发行部）

传　　真：010 - 81136655

印　　装：廊坊市海涛印刷有限公司

经　　销：全国新华书店

开　　本：720×1020　1/16

印　　张：16.25　　字数：201 千字

版　　次：2020 年 3 月第 1 版

印　　次：2020 年 3 月第 1 次印刷

定　　价：56.00 元